薫風

真崎ひかる

幻冬舎ルチル文庫

CONTENTS

✦目次✦

薫風

✦カバーデザイン=久保宏夏(omochi design)
✦ブックデザイン=まるか工房

イラスト・陵クミコ✦

薫風

壁一面のガラス越しに、強く吹きつけた風が歩道を歩く人の髪や上着をなびかせているのが見て取れた。

風になりたいと、そう思ったこともある。

子供の頃に読んだ『北風と太陽』という本で、風が印象深かったせいもあるだろう。風なら、どんな隙間《すきま》でも入り込むことができるはずだ。

吹きつける一陣の風になって、あの手から攫《さら》ってしまいたい……嵐を起こせば奪い去ることができるかもしれないと、無謀なことを考えた日もある。

今となっては、どれほど強く吹きつけて揺さぶろうとしても、決して解《ほど》くことのできない結び目もあるのだと……否応《いやおう》なく思い知らされている。

窓際のカウンター席に座ってぼんやり外を眺めていると、小走りで歩道を駆けてくる人の姿が目に飛び込んできた。

目の前を通ったというのに、脇目《わきめ》も振らず一目散にカフェの入り口を目指しているその人は、ジッと見詰める自分の存在に気づかない。

駅のすぐ傍《そば》という立地のせいか、このカフェは人の出入りが途切れない。強風ということもあってか、ガラス扉は開け放たれた状態で固定されている。

息せき切って駆け込んできた彼は、グルリと店内を見回して……急ぎ足でこちらへ向かってきた。

「ごめんっ、隆《りゅう》くん。待たせたよねっ」

待ち合わせの時間は、十五分前に過ぎていた。無言の隆世《りゅうせい》に、彼は遅刻の言い訳をするでもなく、「ごめんね」と繰り返す。

「平気。……なにかあった？」

「電車、風で運休になってる区間があって……乗継に失敗した。本当に、ごめんねっ」

「ああ……今日、風強いもんなぁ。大して待ってないから、大丈夫だって。ちょっと落ち着きなよ。なに飲む？」

注文カウンターをチラリと見遣《みや》ってスツールから立とうとした隆世を、彼は慌てた様子で制する。

「おれが、ご馳走《ちそう》するからっ。待たせたお詫《わ》び……させてくれる？」

「……ん、じゃあ甘える。カプチーノがいいな」

「わかった」

「佑真《ゆうま》」

隆世のリクエストにうなずいて、すぐさま踵《きびす》を返そうとした彼を呼び止める。勢いよく振り向いた彼に、そんなに慌てなくていいのに……と苦笑が滲《にじ》んだ。

「カバンと上着、置いていけば？」

隣のスツールを指差すと、彼は「あ、そうだね」と照れたように笑ってショルダーバッグを肩から外し、薄手のジャケットを脱いだ。

財布だけ手に持ち、今度こそ注文カウンターに向かう背中を見送る。

自分より一回り以上年上なのに、相変わらず……こんな表現をしては失礼かもしれないけれど、『可愛《かわい》らしい人』だと思う。

初めて逢《あ》ったのは、十四年前。

当時、彼は今の自分と同じ年齢だったはずだ。でも、あれから歳《とし》を取っていないのではないかと、たまに不思議になる。

それくらい、外見を含むすべての印象が変わらない。

春の日差しのようにあたたかく、ほんわりと笑う。頼りないくらい優しいのかと思えば、気弱なだけの優しさではなく……危険なことや誤ったことをしようとしたら、きちんと叱《しか》ってくれるのだ。

二十四時間体制の保育施設で、保育士として忙しく働く彼は、まさしく適職に就いていると思う。

「お待たせ。マフィンも食べる？」

「……うん。ありがと」

持っていたトレイをカウンターテーブルに置いた佑真は、少し迷う仕草を見せて……隆世の隣に腰を下ろした。

床に固定されているスツールの間隔は、決して広くない。

平均的な日本人の体格を凌《しの》ぐ自分が腕を動かせば、意図することなく隣に座る彼の身体《からだ》のどこかに触れてしまうだろう。

だから、か。

久し振りに二人で逢えたことに高揚していた心が、スッと落ち着く。彼が自分と距離を置こうとしているのだと、気づかないくらい鈍感ならよかった。

「あ……卒業、おめでとう。最初に言わなきゃいけなかったよね」

カップに伸ばしかけた手を止めると、小さく笑いかけてくる。短く「ありがと」と返した隆世は、細かな泡の立つカップを手に持って一口含んだ。

コーヒー一杯分の沈黙を、佑真が破る。

「卒業祝いと……大学の進学祝い、なにがいいか考えた？」

「なんでもいい？」

「恥ずかしながら、薄給だから……お手柔らかにお願いします。あ、秀《しゅう》と二人分を合わせちゃってよければ、ちょっとだけ豪華になるかも」

佑真が秀と呼ぶ武川秀一《たけかわしゅういち》の名前は、今聞きたいものではなかった。彼のことだから、牽制《けんせい》しようという計算が働いてその名前を口に出したのではないとわかっているけれど、獰猛《どうもう》な番犬に立ち塞《ふさ》がられたような気分だ。

そんな不満を顔には出さないようなんとか抑え込み、言葉を返す。

「佑真の時間、一日くれる？　どこか連れて行ってよ。もちろん、二人だけで」

「……それは」

佑真は、うなずくことも突っぱねることもできないらしく、手元に視線を落として言いよどむ。

予想のついていた反応だ。

「秀一に怒られる？　ここで……外で逢え、って言ったのも秀一だろ」

もっと露骨に言えば、隆世と二人きりになるな。人目のあるところを選べ、か？

どちらかの自宅ではなく……こうして、パブリックスペースで逢うよう『彼』に言い含められたのだと、聞かなくてもわかっている。

「俺、信用されてないなぁ。って、仕方ないか」

恋心を本気にしてくれない佑真に苛立《いらだ》ちが募り、思い余って押し倒したのは……中学を卒業する直前だった。

若気の至りだと、笑って許してはくれないだろう。

皆が忘れたような顔をしていても、決してなかったことにはならないとわかっている。一度あんな行動に出てしまったからには、無邪気な子供を装うこともできない。

ただ、自ら望んで心地よかった関係を手放したのだから、やり方を失敗したと反省はしていてもしなければよかったという後悔はない。

「区切り、つけるべきかな……」

「……うん？」

独り言の音量でつぶやいたことの意味は、わからなかったに違いない。佑真は不思議そうに首を傾《かし》げて、隣の自分を見上げてくる。

こうして近くで目にしても、三十を過ぎた青年だとは思えない。せいぜい、二十代の半ばといったところか。

自分が、十八歳という実際の年齢よりいくつも上に見られることもあって、二人でいてもさほど違和感はないはずだ。

言葉もなく、三十センチほどの距離で顔を合わせていることに、不自然さを覚えたのだろうか。

佑真が目を逸らそうとした気配を察して、静かに口を開いた。

「佑真、好きだよ」

聞こえなかったふりはさせない。

不必要に大きな声ではなかったが、彼と……周囲の客、数人にまで聞こえたかもしれない。けれど隆世は、見も知らない他人にどう思われようが構わなかった。

ハッキリとした口調で告げた隆世に、唇を引き結んだ佑真は、困惑の表情を浮かべて視線を逃がした。

「………」

なにか言いかけたけれど、唇を噛《か》んでカウンターテーブルの上にあるカップをジッと見ている。

どう答えようか、迷っているらしい。どうしようと、言葉にすることのない戸惑いがヒシヒシと伝わってくる。

隆世は、思わず唇を綻《ほころ》ばせた。

「おれもだよ、って笑って……誤魔化《ごまか》さないんだ？」

茶化したり、子供扱いで誤魔化そうとしたりせず、受け止めてくれた。それだけで、充分だ。

「ありがと」

嘆息して小さくつぶやいた隆世に、佑真はうつむけていた顔を上げる。迷いを振り切ったのか、真っ直《す》ぐに目を合わせて口を開いた。

「ごめんね」

「わかってた……から」

どんなに頑張っても、佑真と『彼』のあいだには割り込めないと……本当は、とっくにわかっていた。

ただ、終止符を打つタイミングを摑《つか》めなかっただけだ。

「隆くんは、大好きだよ。こーんなに小さい頃から、知ってる……おれにとって、たぶん秀にしてみても、弟と同じだから。勝手に身内認定して、図々《ずうずう》しいだろうけど」

いや、彼にとっての自分は、『弟』ではないはずだ。

もしかしたら、隆世自身が自覚するよりも早く『恋敵』という位置に置かれていた。

そう思えば、うん……満足だ。

あの、できないものはなにもないといったいけ好かない完璧《かんぺき》な男に、ライバルとして認められていたということは、自慢してもいいのでは。

隆世は深く息をつき、微笑を滲ませた。

「これからも、そう思ってくれる？　俺、佑真の弟でいてもいい？」

「もちろん」

じゃあ……今は、それでもいいか。長く抱えた恋心を、簡単に『兄』を慕うものに変換することはできそうにないけれど。

「いつか、コイビトができたら……紹介する。その時に、纏《まと》めてお祝いをもらうことにした」

「……わかった。じゃあ、それまで貯金しておくから」

「ん。でも、もうちょっとだけ佑真を好きでいてもいい？」

「…………」

そうして、意図的に甘える。自分がこうして甘えたら、突っぱねられないと……予想できていたから。

隆世のズルい思惑に気づかないらしく、佑真は少しだけ困った顔をして、それでも無言でうなずいてくれた。

「ありがと」

最後に、これくらいは許してもらおう。

そう勝手に決めて、右手で佑真の頭を引き寄せた。軽く、触れ合わせるだけのキスをして、パッと手を離す。

「……っ、隆くんっっ」

キョトンとした顔をしていた佑真は……数秒の間を置いて、大きく上半身を反らしながら自分の口元を手で覆った。

失礼ながら、鈍い。

「イスから落ちるよ」

クスクスと笑いながら、細い二の腕を掴む。

これで終わりだ。

……終わりに、しなければならない。

新しい恋には、そう簡単に踏み出せそうにはないけれど……。

《一》

大股《おおまた》で歩いていると、なにかが街路樹の陰から飛び出してきた。

「うわっ」

不意打ちに、思わず驚きの声を上げる。

「踏むかと思っただろ！」

目の前を横切った二匹の猫は、もつれ合うようにして建物の狭間《はざま》へと駆け込んでいった。

隆世の苦情など、お構いなしだ。

「気をつけろよ～」

一言つぶやいて、嘆息する。夢中で追いかけっこしていた彼らには、人間など目に入っていなかったに違いない。

「恋の季節、か」

三月の半ばを過ぎた頃から、急速に風が温《ぬる》み始めた。

日が暮れると空気が冷たいけれど、日中はジャケットやスーツの上着を脱いで手に持っている人も多い。

隆世も、薄手のジャケットの前を開け放している。中に着ているものも、セーターではなくシャツだ。

「ここ、かな。マンション名も……正解」

スマートフォンの画面に映し出したナビに従って目的の建物に到着した隆世は、足を止めて背の高いマンションを見上げた。

複数の路線が乗り入れるターミナル駅から、徒歩十分。所謂《いわゆる》、一等地だ。随分といい住まいだろう。

時計を確かめると、指定された時間より少し早いが……非常識なほど早すぎるわけでもない。ここでぼんやりと突っ立っていたら不審人物だろうから、このまま訪ねてしまうことにした。

広々としたロビーは、磨かれた石の床が天井から吊《つ》り下げられている煌《きら》びやかなシャンデリアタイプの照明を反射している。

その隅の小部屋には、管理人を兼ねた警備員が常駐しているようだ。小窓越しにチラリと隆世に視線を送ってきたけれど、素知らぬ顔で目を逸らした。

自分で言うと嫌味かもしれないが、隆世は『良家の坊ちゃん』だ。加賀《かが》電機といえば、国内でもトップレベルの電子機器メーカーで、昨今の不況でも下降するばかりの同業他社を横目に、横ばいの業績を保っている。

現在の経営責任者社長である父親は、「社交術は口で説明するものじゃない。身体で憶《おぼ》えろ」という教育方針で、隆世は子供の頃から大仰なレセプションパーティーや懇親会といった席に、問答無用で連れ出されてきた。

おかげですっかり鍛えられ、この手の不必要なほど高級感を漂わせているマンションにも気後《きおく》れは感じない。

立ち居振る舞いも身嗜《みだしな》み的にも、厳《いか》めしい風貌《ふうぼう》の警備員に咎《とが》められる要素はないはずだ。

出入りする人間を漏らさずチェックするほどの警備体制ではないのか、ノーチェックでオートロック式の自動ドアまで歩を進めることができた。

「確か、×××で、エンター……っと」

事前に聞かされていた暗証番号を打ち込んでオートロックを解除すると、早足にエレベーターへと乗り込む。

迷うことなく階床ボタンを押すと、真新しいエレベーターはほとんど振動を感じさせることなく上昇を始めた。

「狭霧《さぎり》、零《れい》……か」

そういえば、仲介者から名前は教えられたけれど年齢は聞いた記憶がない。相変わらず、いい加減……いや、おおらかな人だ。

隆世を乗せたエレベーターは、途中で停まることなく目的の階に到着する。開いた扉から

一歩出たところで、

「っと、失礼しました」

身をかわしたけれど、ほんの少し腕が当たってしまった。

通路のど真ん中に、女性が立っていたのだ。本来はあちらが避けるべきだと思うが、先手を打って小さく謝る。

チラリと隆世を見上げた女性は一瞬驚いた顔をすると、目をしばたたかせて愛想笑いを浮かべた。

「気にしないで」

自分の前に立った女性が、目を合わせた途端露骨に態度を変えることは珍しくない。良くも悪くも目立つ日本人離れした長身とこの顔は、うまく利用すれば人間関係を円滑に運ぶ潤滑油となる。

ただ、同性を相手にした時は、マイナスに作用することのほうが多いので……いいばかりではない。

無駄に時間を食うつもりはないので、女性に会釈のみを残して脇を通り抜けた。

部屋番号を頼りに、表札の出ていないドアの前に立つ。

インターホンを押して応答を待つこと、数十秒。スピーカーの向こうは、シンと静まり返っている。

「ここで、合ってるよな?」

もう一度鳴らすべきかどうか迷い始めたところで、ようやくスピーカーから声が聞こえてきた。

『……誰?』

お待たせしましたの一言もない。その上、子供のような問いかけだ。隆世は、内心「おいおい」とぼやきながら、名乗った。

「加賀といいます。R大のマキシムから紹介されてきました」

仲介者からは、告げるのは彼のファーストネームだけで大丈夫だと予め聞いていた。本当にこれで通じたのかと不安を感じる間もなく、

『ああ……今、開ける』

それだけ言い残して、ブチッと通話が切られる。

……いくつかは知らないが、十八歳の自分よりは確実に年上だ。いい歳しているはずの大人が、この対応か。

込み上げそうになったため息を、辛うじて呑《の》み込んだ。

ロックが外れる音に続いて、内側からゆっくりと扉が開かれる。

ポーカーフェイスを装って居住まいを正した隆世の目にまず飛び込んできたのは、耳が隠れるくらいの長さ……顎《あご》のラインでふわふわ揺れている、ダージリン紅茶のような艶《つや》やかな

レッドブラウンの髪。十センチあまり低い位置から自分を見上げる瞳は、淡いヘーゼルブラウンだ。

女性か男性か、咄嗟《とっさ》に判断に迷う中性的な雰囲気の人物だった。

細身の身体に、サイズの大きなシャツとしなやかな素材のパンツという、身体のラインが出ない服装をしていることも、迷いが生じた要因だろう。

ただ、細いながら男である特徴が見て取れる喉元《のどもと》と、シャツの袖口《そでぐち》から覗《のぞ》く華奢《きゃしゃ》な手首の骨っぽさが、『彼』であると解答を示していた。

隆世と視線が合った瞬間、彼は「ぁ」とかすかな声を漏らして、不思議そうに目をしばたかせた。

この反応は、なんだ？

「…………」

なにか続けられるのかと、無言で待ってみる。

わずかに開いていた唇をキュッと引き結び、隆世を見上げたまま動きを止めている彼の顔には、一切の表情がない。

名前は純日本人のものだが、顔立ちや色素の薄い肌色、髪や瞳の特徴からして外国の血が入っているのだろう。

アジア人のものでも、純粋なアングロサクソン系でもない、絶妙な容貌と相まって、息をしていない……緻密《ちみつ》に作られたビスクドールを前にしているかのような、不思議な感覚に襲われた。

なにから話しかければいいのか、わからない。

物心ついた頃には、周囲から『物怖《ものお》じしない子供だ』と言われていた。実際に、人見知りとは無縁だったし、大物と呼ばれる政治家を前にしても堂々と言葉を交わして、相手からは「いい度胸だ」と笑って肩を叩《たた》かれた。

父親には、『おまえは可愛げのないガキだったよ』と嫌そうな顔で言われ、幼い自分を知っている人たちは『こっちが不安になるくらいしっかりしていた』と苦笑する。

外見も内面も、実際の年齢より大人びて見られることは誇らしかったし、隆世自身も意識してそう振る舞っていた。

それなのに……こうして向かい合っただけで、言葉も出ないほど気圧《けお》されたのは初めてかもしれない。

気圧される。いや、目を奪われると表現したほうが正しい……か？

互いに言葉もなく視線を絡ませていると、エレベーターホールから足音が聞こえてきた。

その音で、ようやく我に返る。呆《ほう》けていたことを誤魔化さなければと、汗ばむ手を握り締めて軽く頭を下げた。

「ッ……加賀隆世です。狭霧さん……ですよね」

改めて名乗り、訪ねるべき人であることに間違いないか確認する。部屋から出てきたからといって、この人が『狭霧零』本人であるとは限らないと、今更ながらそんな懸念《けねん》が思い浮かんだのだ。

彼は、相変わらずの無表情でコクンと小さく首を上下させる。

「……そう。入るか？」

淡々とした声で言いながら、チラリと室内を振り返る。

玄関先で突っ立ったままなのだと改めて気づき、大きくうなずきを返した。

「お邪魔します」

答えた隆世に、「どうぞ」の一言もない。ふいっと背中を向けたかと思えば、廊下の奥へと歩いて行った。

入ってもいいということか？

事前に聞かされていた、『人見知りするしなにかと難しい人だけど、本人に悪気はないから』という言葉が頭に浮かぶ。

だから、ため息を喉の奥に押し戻して、波立ちそうになった心をどうにか落ち着ける。

まさか不法侵入扱いされることはないだろうと思いながら、扉を閉めて靴を脱いだ。

「改めまして、加賀隆世です。マキシムから、話は聞いてますよね？」

「……ああ。雑用アルバイト」

「不要と聞いていましたが、一応履歴書を用意してきました」

バッグから取り出した茶封筒を差し出そうとした隆世に、狭霧は短く返してくる。

「いらない。置いて行かれるとゴミが増えるだけだから、持って帰れ」

チラリと目を向けることもない。そんなふうに言われると、後で見てくださいとテーブルに置くこともできない。

頬《ほお》が引き攣《つ》りそうになったけれど、なんとかポーカーフェイスを装って封筒をバッグに戻した。

コレは、『難しい』という一言で言い表すことのできる人間だろうか。正直に言わせてもらえば、メチャクチャに感じが悪い。

隆世がそんなふうに考えていることなど、知る由もないだろう。狭霧は、淡々とした調子で口を開く。

「僕は狭霧零。君は、加賀隆世。それがわかっていたらいい。マキシムの紹介なら身元は確かだ」

顔合わせという名の、面接だと思っていた。けれどこの感じだと、自分が彼の下でアルバイトをするということは決定事項のようだ。

「……信用してくれている、と思っておきます。アルバイトの内容を説明していただけませんか」

「雑用全般」

「その『雑用』について、お聞きしたいんですが。あと、条件。まさか、二十四時間営業を求められてはいませんよね？」

仲介者であるマキシムには、直接本人と話せと言われている。

なにをさせられるか、雇用条件や具体的な内容を事前に確認したいと思うのは当然だろう。迂闊《うかつ》に「ハイハイ」と返事をして、後で揉《も》めることになればお互いに面倒だ。

すると狭霧は、露骨に面倒だという顔になった。

「コンビニエンスストアか。あれは電力の無駄遣いだ」

「……便利ですけどね。まぁ、電力の無駄遣いという点については、概《おおむ》ね同感です。俺は何時に来て、いつまでいればいいんですか？　役割は？」

「十一時から十八時。勝手にキッチンを使っていいから、朝食兼昼食の準備ができたら声をかけて起こせ。十六時にティータイム。軽食と紅茶を準備しろ。最後は、夕食の用意をして帰ってくれ。実際に夕食をとるのは深夜だが、カウンターテーブルに準備していればいい。そのあいだは、電話番と宅配業者の応対が中心だ。届け物などの用事があればこちらから声をかけるから、絶対に僕の私室には入るな。外から話しかけるか、電話を鳴らせ。ドアに手を触れることも許さん」

ハイハイとうなずきながら聞いていた隆世だが、最後の件にはピクッと眉《まゆ》を震わせてしまった。

私室に入るなという注意に関しては、納得ができる。でも、ドアに手をかけることも許さん、とは……とてつもなく『王様』な態度だ。

一応、雇用主となる人だ。腹を立てるなと自分に言い聞かせて、胸の奥に湧《わ》きそうになった憤りを鎮火した。

「わかりました。食品アレルギーは？　絶対に口にできないものがあるなら、事前に教えてください。簡単なものでしたら作れますけど、専門的な手の込んだ料理はできませんから、期待しないでくださいよ」

料理をすること自体は嫌いではない。

調味料の計量や、材料を混ぜ合わせて焼いたり煮たり……という過程は、一種の化学変化だ。なかなか面白い作業だし、自分が調理したものを喜んでくれる人がいるから、やりがいもある。

専門店でテーブルに並べられるようなものは無理だと思う。でも、レシピ本さえあれば標準的なファミリーレストランのメニューに載っているような、見栄えも味も合格レベルの和洋中なら作れる自信があった。

隆世の言葉に、狭霧は「なんでもいい」と素っ気なく返してくる。

「アレルギーも好き嫌いもない。スリッパとかフォークとかの無機物でなく、食品なら煮てようが焼いてようがなんでも食う。乾燥パスタをそのまま齧《かじ》ったこともある。一般常識の範囲を大きく逸脱しなければ、それでいい」

冗談……ではなさそうだ。狭霧は、大真面目な顔をしている。

乾燥パスタを、茹《ゆ》でることなく食するに至った経緯を聞きたいところだが……隆世が口を開く前に、狭霧が言葉を続けた。

「君に、助手としての働きは期待していない。とりあえず、僕を押し倒そうとしなければそれでいい」

ニコリともせずに、そう告げてくる。まるで、隆世が今すぐ押し倒すのではないかと疑っているかのような言い様だ。

これまで誰からもそんな扱いを受けたことのない隆世は、不覚にもポカンとした顔になったかもしれない。

「は……あ？」

小さく零《こぼ》した隆世と目が合った狭霧は、眉を顰《ひそ》めて顔を背ける。

犯罪者予備軍のような扱いに、我慢の限界が来た。

「それについては、心配無用です。俺にも好みはあるし、たとえ好みの相手が目の前にいたとしてもいきなり襲ったりはしません。動物でも求愛行動を取るでしょう」

「僕は、好みじゃないということか」

「そう思って、安心していただいても結構です。はぁ……マキシムの質問の意味がわかったな」

独り言のつもりだったボヤキに、狭霧が反応した。

背けていた顔を戻して、隆世に聞き返してくる。

「マキシムが、なに？」

「……バイトを紹介される前に、確認されたんですよ。唐突に、『リューセーの好みは大和《やまと》撫子《なでしこ》だったよな？』って」

あれは、二日前。

フランス語会話の個人レッスンに赴いた隆世の顔を見るなり、講師であるマキシムは「そういえば」と切り出したのだ。

大真面目《おおまじめ》な顔で、大和撫子が好みだったよな？　と。

挨拶《あいさつ》もそこそこに、開口一番になんだ……と。苦笑しつつ、否定することなく「そうですけど」と返した。

そこで聞かされたのが、この『雑用のアルバイト』をしないか？　だった。

曰《いわ》く、知人が身の回りの世話を含めた雑用をしてくれる人を探している。人見知りをするし、なかなか厄介《やっかい》な人だと……。

なにより隆世を唖然《あぜん》とさせたのが、

『魔性の人で、男も女も惚《ほ》れてしまう。これまでも幾度となく貞操《ていそう》の危機に陥り、今では人間不信だ』

という、『狭霧零』の人物評だった。

そこで、

『大和撫子がタイプだと公言している隆世なら、正反対な狭霧を相手に過ちは起きないだろう』

……そう、笑って言われたのだ。

まさか『魔性』だなどと、冗談だろう？　と失笑した隆世に、マキシムは鹿爪《しかつめ》らしい顔で「我が身で確かめる勇気はあるか？」と挑む目をした。

挑戦状を突きつけられたと受け取った隆世は、あえて挑発に乗ることを選んだ。

ちょうど、大学の入学式までに間があったことも要因だ。

暇を持て余しているわけではないが、新しいことを始めるにはどうにも中途半端で……ひとまず半月という短期アルバイトは魅力的だった。これくらいでどうだと、提示されたバイト代にも不服はない。

世間的には良家の子息で、持て余すほどの小遣いを与えられているに違いないとやっかみ混じりに言われたりするけれど、現実はそれほど甘くない。

塾や語学レッスンの費用は、途中で飽きて投げ出さなければいくらでも出してやる。でも、学業に無関係な高額のものを買いたければ自力で稼げ、というのが父親の理念だ。父親は成果主義を宣言していて、月の小遣いは基本が五千円。働きによって、それに見合った金額が翌月の小遣いにプラスされる。

昔馴染《なじ》みの業者に仕立てられることで服飾費は不要だし、昼食は学内の食堂か弁当を持参し……たまに塾講師が夜食をご馳走してくれる。

それでも、友人たちと遊びに出て買い食いをしたり、本やパソコンソフトを購入したりすると、毎月ギリギリなのだ。

隆世が口にした『大和撫子』という言葉に、狭霧は眉間《みけん》に皺《しわ》を刻んだ。

「ふーん。大和撫子、か。黒髪黒目の、清楚《せいそ》なタイプ？　控えめに笑って、傍にいるだけで和《なご》む空気を纏っていて……」

笑いながら狭霧が口にしたのは、正しく『彼』を評するものだった。否応なしに、控えめに微笑《ほほえ》むあの顔が頭に浮かぶ。

まるで、佑真を目前に置いて印象を語っているかのようだ。

「で、庇護《ひご》欲をそそるたおやかな雰囲気なのに、実際は芯《しん》が強い……ってところですね。あなたとは正反対でしょう?」

狭霧が唇に浮かべている笑みを嘲笑《ちょうしょう》と受け取った隆世は、余計な一言をつけ加えてしまう。

目の前にいる人を、『大和撫子』とは、間違っても言えない。

見た目だけの問題ではないが、少なくとも彼をよく知らない今の段階では間違っていないと思う。

無遠慮で、初対面の人間を相手にズケズケとものを言って……ハッキリ言わせてもらえば、我儘《わがまま》な子供みたいだ。

眉間の皺を深くした狭霧は、フンと鼻を鳴らして再び隆世から顔を背けた。

「確かに相容れないな。安心した。大和撫子というものは、僕とは正反対だし……その言葉自体、大嫌いだ」

「じゃあ、明日からということでいいですか?」

「……ああ。合鍵《あいかぎ》を渡しておくから、勝手に入れ。盗《と》られて困るものはない」

「盗りません」

いちいち、こちらの神経を逆撫《さかな》でする人だ。

普段の隆世なら、さらりと受け流して言い返すこともない。それなのに、この人が相手だと売り言葉に買い言葉とばかりに反応してしまう。

こんなふうにペースを乱されることからして、イライラする原因となっているに違いない。

「あと、その慇懃無礼《いんぎんぶれい》な口調も不要だ。普通でいい。レイと呼ぶことも許可する。マキシムの大学の学生か……二十二か、三というあたりだろ？　僕と大して変わらない」

目上の人だからと、敬語を使っていたつもりだ。それを『慇懃無礼』とバッサリ斬《き》られて、唇の端が引き攣る。

実際の年齢は十八なのだが、あえて訂正する気はない。本人がいいというのだから、敬意を示す必要はないか。

「……っ、わかった。では、明日に」

差し出された鍵を受け取って握り締めると、長居は無用とばかりに立ち上がった。

これ以上この人と一緒にいたら、なにを口走るかわかったものではない。勢いのまま下手《へた》な発言をして後悔するのは自分だ。

玄関扉を出ると、オートロックのかかる音を背中で聞く。

一つ息をついた隆世は、ポケットからスマートフォンを取り出しながらエレベーターホールへ向かい、電話帳を呼び出して耳に押し当てた。

上昇してきたエレベーターの扉が開き、乗り込みながら『ハイ？』と電話口に出た相手へと話しかける。

「マキシム……なんだよ、あの人っ。厄介とか難しいってレベルじゃないだろ。人見知りだなんて、生ぬるい。社会不適合者……とまで言ったら言い過ぎかもしれないけど、それに近いものがある」

息つく間もなく、溜《た》まりに溜まっていた鬱憤《うっぷん》を吐き出す。冷静に語っていたつもりだったが、徐々に声のトーンが上がってしまった。

エレベーター内に監視カメラがあるかもしれないが、この際お構いなしだ。

そうして、本人の前では我慢していた文句を口にした隆世に、電話の向こうからは手放しの爆笑が返ってきた。

『あはははは っ。リューセーでも、そう思うか。ものすごい美形だけど、中身は面倒な人だろ。でも、そこがカワイイ』

「はぁぁ?」

カワイイだとっ?

目を剝《む》いた隆世は、思わず耳に押し当てていたスマートフォンを離してマジマジと画面を眺める。

アレを可愛いと表現できるなんて、どんな思考回路をしている? もともと、フランス人には珍しいくらいラテン系のノリの人だと思っていたが……。

こんなふうに呆けていたら、肯定しているようだと我に返り、慌てて言い返した。

「どこがだよ。全っ然、カワイクないっ! 我儘で、無礼で……人を性犯罪者みたいに言いやがって」

襲わなければそれでいい。

そう言い放った際の狭霧の目を思い出すと、よくあの場で我慢したと自分を褒めてやりたくなる。

確かに、彼の姿形は極上の部類に入る。美形という形容も否定しない。

父親に連れられて出席したパーティーで、国内外の映画俳優やモデルといった容姿を売りにしている人たちと接する機会も多々あるが、狭霧はそんな人たちとはまた違う独特の雰囲気を持っている。

でも、『誰もが惚れる魔性の人』という言葉は、鼻で笑ってやる。少なくとも、自分は当て嵌《は》まらない。

外見がどんなに優れていても、あんなに無礼で捻《ひね》くれた人間はごめんだ。

『だから、リューセーが襲わないってわかったら警戒を解いてくれるよ。日本の人と違ってストレートにものを言うから誤解されがちだけど、深く知れば認識を改めるはずだ。どう言えばいいかな。知れば知るほど、興味深くてカワイイ人だよ。……アルバイト、やっぱりやめる？　ボクから断っておこうか？』

「……やるよ。逃げ出したって思われたら悔しい」

変に意地になっているという自覚はあったけれど、今更引けるものか。

なにより、いずれは『加賀電機』を継ぐつもりの自分が、少しばかりそりが合わないからといって避けて通るのはよくない。社会に出れば、面倒な人間などいくらでもいるはずだ。予行演習……修業とでも思っておこう。

どうせ半月ほど、長くても一ヵ月程度だ。

『いい心掛けだ。じゃあ、レイに断らなくてもいいね？』

話しているうちに、エレベーターが一階に到着する。スマートフォンを耳に押し当てたままロビーを通り、建物を出た。

ふと、ひょろりと背の高いマンションを振り返る。

「ああ。そういえば……ろくに自己紹介もされなかったんだけど、あの人いくつ？　年齢不詳だ。高級マンションで一人暮らし？　ってどうやって収入を得てるんだよ」

自分よりは年上だと思う。

でも、二十歳そこそこだと言われれば納得できるし、逆に三十歳を超えていると言われてもうなずくことができる。

一瞬、性別さえ判断しかねたことを思い出せば、なにかと不可解な人だ。

なにより、あの性格でどんな仕事をしていたら、平均以上と思われる生活を送れるのか興味深い。

『ん？　レイは、確か……二十五歳、かな。二十歳でフランスの大学を卒業して、日仏の文学や文化風習の比較研究をしている優秀な人だよ。今は、専門書の翻訳が中心だ。仕事が丁

寧だから、翻訳の依頼も次々に入るみたいだし。それをまた、バカ正直に全部引き受けるから……傍《はた》で見ているだけで目が回りそうだ』

「それで雑用のバイトが必要、か」

『うん。日本に引っ越してきて、まだ半月と少しだから慣れないことも多いみたいだし。日本語は完璧だけど、フランス暮らしが長かったからね。この前なんか、大学に用があって電車に乗ったのはいいけど……乗り物酔いをして真っ青になってた。もともと、人混みも苦手なんだ』

「ふーん。結果、引き籠《こも》り生活?」

『そういうこと』

狭霧零、二十五歳。性別は男。日本文学とフランス文学を研究している学者で、今は翻訳の仕事をしている。日本に不慣れ……と。

頭の中で復唱して、狭霧のプロフィールを記憶の引き出しに仕舞い込んだ。

あと気になったのは、もう一つ。

「ハーフ……だよな?」

『そう。彼の父親が日本人。っと、ボクがしゃべるのはここまでにしよう。他に知りたいことがあれば、本人に聞けばいい』

「もういい。だいたいわかった。特に知りたいことはない」

狭霧の人間性については、ハッキリ言ってどうでもいい。雇用主としての、最低限の情報さえ仕入れられれば充分だ。

隆世のうんざりとした思いは声色《こわいろ》に出ていたのか、電話の向こうで低く笑うのが伝わってきた。

『……まぁ、いいか。レイの友人として、ヨロシクと言っておくよ』

「あんたの頼みだから、ヨロシクされてやる。つーか、あのタイプと友達かよ。相変わらず、あんたも謎《なぞ》だな」

わざと傲慢《ごうまん》に答えた隆世に、

『ははは！　褒められたと思っておく。ボクの顔を立ててくれるのも、ありがとー』

そう、笑って返してくる。

大学時代に留学した際、日本にハマってしまい、卒業後に移り住んで……十年余りと、日本暮らしの長い彼は相変わらず日本語が巧みだ。

きっと彼には、狭霧を前にした際の隆世の苛立ちや、憤りをなんとか抑え込んでいることまで見透かされているに違いない。

中学生の頃から知られている相手には、なにかと分《ぶ》が悪い。

『おっと、レッスンの時間だ。なにかあったら、いつでも連絡しておいで』

そんな一言を残して、通話が切れる。

小さく息をついた隆世は、ジーンズのポケットにスマートフォンを押し込んだ。

胸の奥にモヤモヤとしたものが滞っていて、なんだか消化不良だ。まだ言いたいことがあったような気がするし、全部吐き出したようにも思う。

狭霧零という青年が、一筋縄ではいかない人物ということだけは確かだった。

「なーんか、いろいろ余計なコトを言ったなぁ」

狭霧に向かって投げつけた自分の言葉を思い出すと、ますます苦いものが込み上げる。足元に視線を落として、チッと小さく舌打ちをした。

顔を上げると同時に、強く吹きつけた風が隆世の髪を揺らす。

春の匂《にお》いを含む風は爽《さわ》やかで、澱《よど》んだ気分をほんの少し浄化してくれた。

《二》

「っと」

身嗜みを整えて自室を出たところで、父親とバッタリ鉢合わせしてしまった。廊下を塞ぐ巨大な障害物に、隆世はピタリと足を止める。

グシャグシャになったパジャマの裾《すそ》から手を突っ込み、大あくびをしながら脇腹を掻《か》いている。しかも、精悍《せいかん》とか凛々《りり》しいと評されている顔には、無精髭《ぶしょうひげ》がポツポツと。

平日の午前十時という時間にもかかわらず、見るからに、ついさっきまで寝ていました、という風情だ。

……コレが、経済誌で特集を組まれる大企業のトップか。

「あ？　お出かけか、隆世」

隆世が上着を着てスリングバッグをかけているせいか、寝惚けた顔と掠《かす》れた声でそう尋ねてくる。

こうして顔を突き合わせると、アチラの目線の位置が少しだけ上だとわかる。

ほんの一、二センチだと思うが……なんだか面白くない。一八〇センチを超えたのは喜ばしいが、父親に負けている現状ではその喜びも半減だ。

「バイト」

自分でも無愛想だと感じる声で短く答えた隆世に、父親はフンと鼻を鳴らして言葉を返してきた。

「オンナか」

決めつけた言い方だ。ムッとしたら負けだとわかっていながら、黙って受け流すことはできなかった。

「バイトだって言ってんだろ！　オッサン、耳が遠くなったんじゃねーの？」

ついでに、悪態をつく。

わざと憎たらしい言い方をした隆世に、

「俺はまだ三十代のワカモノだ」

眉を顰めた父親は、あからさまに嫌そうな顔でそう言い返してくる。

確かに、同級生の父親と比べるまでもなく若い。実年齢はもちろん、外見から受ける印象も……。

経済誌で父親を目にしたという高校の同級生の女子は、『加賀のお父さんって、間違ってもオジサンなんて言えないよねぇ。顔もカッコいいし、お腹《なか》出てないし……ウチの父親とは雲泥《うんでい》の差。なんていうか、大人の男って感じ』などと、うっとりした顔で口にした。

惚れたと続けかねない勢いで、父親についてのアレコレを聞き出そうとした彼女に、このだらしがない姿を見せてやりたい。

「ギリギリ三十九だろ。つーか、今日は平日だと思うんだけど」

三十代だと胸を張った父親に、間もなくもう一つ歳を食うくせに……と目を細めた。

この時間にどうして自宅にいるのだと、咎める口調で尋ねた隆世に、「ああ？　勘弁してくれ」とぼやく。

「昨日まで香港だったんだ。二週間ビッシリ働いたんだから、一日くらい休んでも文句は言わさねぇよ」

「……で、那智《なち》の休みと合わせたのか。高尾《たかお》さんに、ため息つかれただろ」

唇の端を吊り上げて、わざと嫌味を含んだ言い方をしてやる。有能な秘書氏の名前を出すと、無言でジロリと睨《にら》みつけてきた。

父親と自分は、よく似ている……一目で血縁関係だと見て取れると誰もが口を揃《そろ》える。けれど、父親には年齢を重ねたことで独特の貫録があると思う。

大企業を背負う責任感やトップに立つものとしての矜持《きょうじ》がそうさせるのか、自信を含む迫力のようなものも全身から滲《にじ》み出ている。

認めるのは癪《しゃく》だが、まだまだこの人には敵《かな》わないと突きつけられるばかりだ。張り合おうとすること自体、無謀だろう。

口が達者なので、言い負かすこともできないとわかっている。唯一、苦い顔をさせられるのは『高尾氏』と『那智』だけだ。

「………」

その数少ない『弱点』の名前を出した隆世に、言葉で返してくるのではなく拳《こぶし》を振り上げるのが見えた。一発目を避けた隆世に、すかさず逆の手を出してくる。

「ッ……イテェ！　ガキじゃないんだから、口で負けそうになったからって手ぇ出すなよ。暴力親父《おやじ》」

今度はギリギリで避けきれずに側頭部を殴られてしまい、脛《すね》あたりを蹴《け》ってやった。

「コラ。おまえこそ、親父様に蹴りを入れるんじゃねーよっ」

「目には目を……ってヤツだよ」

「バーカ。それなら、左手で殴るのが道理だろうが」

相変わらず、弁が立つというか……屁理屈《へりくつ》に近いが、確かに正論ではある。言い返せなくなってしまった隆世の負けだ。

お望みどおりに、殴ってやろうか……と左手で拳を作ったところで、グッと左手を摑まれた。腕時計に目を落として、尋ねてくる。

「で、おまえ出かけるんじゃねーの？　時間、大丈夫か？」

「大丈夫じゃねーよ」

余裕をもって自宅を出るつもりだったのに、駅まで走らなければならない時間になってしまった。

父親のせいで無駄に時間を食ってしまったと責任を押しつけるのは、八つ当たりだとわかっているけれど。

「……車、使うか？」

一応、責任を感じているのか玄関先にあるキーボックスを指差してそう尋ねてくる。

自分の車を隆世に使わせようとするのは、珍しい。普段は、こちらが貸してくれと言っても渋るばかりなのだ。

それも、『車が必要な理由を簡潔に述べろ。俺が納得できたら、運転させてやる。ただし、返却予定時間を一分でも過ぎたら二度と貸さねぇ。あと、ぶつけたりこすったりしたら、修理費は全額払え』などと、面倒な手続きを欲求される。

文句を言おうものなら、自力で買いやがれと返ってくるので、車が必要な時はそれらの条件を受け入れるしかない。

十八歳になると同時に運転免許証を取得した隆世に、高校の友人たちは「おまえなら車くらい簡単に買ってもらえるだろう」と、やっかみ混じりに絡んできた。あいつらに、この父親の弁を録音して聞かせてやりたい。

珍しい申し出は魅力的だったが、目的地を考えれば公共交通機関のほうが便利だ。

「いい。電車のほうが、時間が読める」

断りを口にしながら左手首を摑んでいた父親の手を振り払い、廊下を塞ぐ身体を押し退《の》けて玄関へ向かった。

その背中を、父親の声が追いかけてくる。

「なんでもいいが、晩飯は帰って食えよ。那智が、久し振りに三人揃っての晩飯だから、好物を作るって張り切ってたぞ」

「あー……じゃあ、その予定にしておく」

この父親と、顔を突き合わせて食事をしたいとはあまり思わないが、『那智』の名前を出されたら突っぱねることはできなかった。

その名前に弱い父親を、笑えない……か。

同類項に括《くく》られると思えば複雑な気分になるけれど、ここしばらく、父親の長期海外出張が続いていたせいで『那智』が淋《さび》しそうだったと知っているから、尚《なお》のこと嫌とは言えなかった。

「あんまり遅くなりそうなら、連絡して来いよ。二十時までは待つ」

「わかった」

狭霧のところでのアルバイトは、十八時までの予定だ。

多少その時間をオーバーしたり、書店等に寄り道をしたりしても、二十時までには帰れるだろう。

屈《かが》んでシューズの紐《ひも》を締めていると、背後から、わざと怒らせようとしているとしか思えない一言が飛んできた。

「……避妊は忘れんな」

「だーかーら、バイトだって言ってんだろ！　しつけーぞ、エロ親父っ！　那智に捨てられてしまえっ」

反射的に睨みつけて言い返した隆世は、勢いよく立ち上がって玄関を出た。

ドアを閉める寸前、下品かつ大人げない笑い声が漏れ聞こえてきたけれど、戻って文句を言えばきりがない。

会社では、国内外の他社と恐ろしい受注額のやり取りをしているくせに……家の中では、丸きり子供だ。

しかも、俗にいう悪ガキ。

「なにがムカつくって、アレに養われている自分だ」

今の自分は未成年で、保護者がいなければ無力だ。どれほど反発しても、父親の庇護下にいるのだとわかっている。

だからこそ、たまにどうしようもないジレンマに襲われる。

誰かに聞かれたら格好悪いので、父親に対する文句は心の中で零しながら大股で廊下を歩いた。

これから狭霧と対峙《たいじ》するのに、余計なことで気力を消耗してしまった……と、父親の挑発に乗ってしまったことを悔やみながら。

□□□

指定された十一時より、十分ほど早く狭霧のマンションに着いた。父親への憤りを、走ることに変換したせいだろうか。

時刻を確認した腕時計から目を上げた隆世は、怪我《けが》の功名……と嘆息してエレベーターを出る。

自宅マンションよりは新しい建物だが、よく似た雰囲気の廊下を歩いていると、目的のドアが目の前で開いた。

「…………」

出てきたのは、若い女性だ。膝丈《ひざたけ》のワンピースに、ジャケット……小振りなブランドもののハンドバッグ。

特殊な服装をしてはいないし、無駄なほどの装飾品を身に着けているわけでも、露骨に肌を晒《さら》してもいない。

でも、全身に纏う空気が独特だった。

どう言えばいいか、『夜』の空気を漂わせているのだ。これは感覚的なものなので、敏感に勘づく人間とまったくわからない人間がいるだろう。

そして隆世は、鈍感な部類ではない。

十一時過ぎに朝食兼昼食をとるらしいので、朝早く起きて出かけることはないだろう。そんな狭霧の部屋から、この時間に出てきたということは、一夜をここで過ごしたと考えて間違いないはずだ。

前方から歩いて来た女性に、隆世は無言で廊下の端に寄って道を譲る。チラリとだけこちらを見遣った女性は、目礼を残してエレベーターホールへ消えていった。

カツカツと、ヒールの高い靴の音が廊下に響く。その音が完全に聞こえなくなってから、預かっていた鍵で玄関扉を開けた。

「……お邪魔、しまっす」

勝手に入れと言われていたものの、小声で挨拶をしておいてシューズを脱いだ。玄関先には、甘い香水の残り香が漂っている。

耳に神経を集中させても、リビングダイニングやオープンキッチンのある奥からは、物音一つ聞こえない。

そういえば、食事の準備ができたら起こせと言われていた。ということは、まだ自室にいるのだろう。

上着とバッグをリビングのソファに置き、ひとまずキッチンへ向かった。メニューの指定はされなかったので、適当にあるものを使えばいいかと巨大な冷蔵庫の前に立った隆世は、無造作に扉を開き……直後に閉める。

今、とんでもなく珍しいモノを見た。整然としていながら食材や調味料を切らすことのない、自宅の冷蔵庫ではあり得ない。

「……昨日買った、とかじゃないよな?」

広々とした冷蔵庫の庫内は、電機屋の売り場に並んでいるものかと思うほど、空っぽだったのだ。異様な光景だった。

コレで、なにをどうやって食事を用意しろと?

「ああクソ、面倒な人だなっっ」

冷蔵庫に手をついて低く吐き出す。

大きなため息をついて踵を返した隆世は、ソファに投げ出したばかりのバッグを摑んで玄関に向かった。

……マンションのすぐ隣に、コンビニエンスストアがあった。ひとまず、あそこで買い出しだ。

「レイ。飯の準備ができた」

声をかけながらノックをしようとして……右手を下ろす。ドアに触れるなという注意を思い出したのだ。

では、どうするか……少し考えて、足でドアの下部を蹴った。

「レーイ!　聞こえたか?」

腕を組んで待つこと、数十秒。返事もないし、狭霧が姿を現すこともない。まさか、まだ眠っているのだろうか。

もう一度ドアを蹴ろうとしたところで、隆世の目の前で静かにドアノブが動いて内側から開かれた。

ついさっきまで眠っていたに違いない、という隆世の予想に反して、狭霧は眠りの余韻を一切感じさせない状態だった。

昨日と同じような、ゆったりとしたシャツやパンツは部屋着だとは思うがパジャマではないだろうし、艶やかな髪が乱れていることもない。

これは意外だと思いつつ、短く口にする。

「飯の用意、したけど」

難しい顔をして自室から出てきた狭霧は、十センチほど低い位置から隆世を睨み上げて、口を開いた。

「……ドアに触るなと言ったはずだ」

おはようと挨拶をするでもなく、飯の準備をしたという隆世に礼を返すでもない。開口一番に、文句かよ……と唇の端が引き攣りそうになる。

「触ってねーよ。俺は、蹴ったんだ」

詭弁《きべん》だ。

見せつけるように両腕を組んだまま、さっきの音はコレだと右足に視線を落とす。すると、狭霧は表情を変えることなくうなずいた。

「そうか。ならいい」

「……いいのかよ」

絶対に文句を言われると思って身構えていたのに、あっさり納得した狭霧に拍子抜けしてしまった。

予想外の切り返しに、強張《こわば》らせていた頬をつい緩ませてしまう。なにかと反応の読めない人間だ。

「ブランチ……なに?」

自分が通れるだけの隙間から廊下に出て素早く自室のドアを閉めた狭霧は、隆世の脇を通り抜けながら無愛想に尋ねてきた。

「買い出しに時間を食ったせいで、簡単なモノしかできなかった。フレンチトーストとヨーグルト。飲み物は、あんたの好みを聞いてから用意しようと思ったから、今から淹《い》れる。なにがいい?」

「ダージリン。オレンジジュースも」

「わかった。カウンターのところに準備してあるから」

ランチョンマットにカトラリーを並べてあるので、そこに座れとキッチンカウンターを指差す。

子供のようにうなずいた狭霧は、スツールタイプのイスを引いて腰を下ろした。

オレンジジュース、か。そういえば、自分が買い出しに行く前から冷蔵庫にあった、数少ないモノの一つだ。

ここも空だろうと引き出した野菜室には、オレンジジュースだけでなく、いろんな種類の果汁百パーセントジュースや野菜ジュースが詰め込まれていて驚いた。それも、パッケージの表記はフランス語だった。

狭霧に背中を向けて冷蔵庫を開けると、飲みきりサイズのパックに入っているオレンジジュースを取り出す。ストローはついているが、そのまま渡すのはどうかと思い、パックを開けてグラスに注ぎ狭霧の前に差し出した。

「どーぞ。……冷蔵庫、ほぼ空っぽだったんだけど。まさか、ジュースで生きてたのか？ああ、あと……チーズか」

グラスを手に取った狭霧は、一気にジュースを飲み干す。繊細そうな外見に反して、随分と男らしい飲みっぷりだ。

紅茶用の湯を沸かすために電子ケトルのスイッチを入れて、フレンチトーストを軽く温め直して……と手を動かしながら尋ねた隆世を、カウンターの向こうからムッとした顔で睨みつけてくる。

「そんなわけないだろう。ストッカーに、きちんと食品を用意してある」

「え、どこ？　そういや、適当に食料を買ってきたけど紅茶は買ってないな」

当然のように紅茶を要求されたから「了解」と返したけれど、この状態のキッチンに存在するのだろうか。

食器や調理器具は一通り揃えられているが、どれもこれも真新しいものばかりなのだ。頻繁に使用している証拠として手に取りやすい場所にあったのは、大きめのマグカップのみだった。

悲惨な状態の冷蔵庫を見ただけで買い出しに出たので、ストッカーに食品があるなど考えてもいなかった。

「紅茶も同じところだ。君も好きな時に好きなものを飲めばいい。コーヒーはないから、飲みたければ持ち込め。……あ、食費を渡さないといけないのか」

「わかった。買い出しにかかったものは、レシートを渡すから。乏《とぼ》しい小遣いから出してるんだ。即日払いだとありがたい」

けち臭いと言われるかもしれないが、切実なのだ。馬鹿にされるかと横目で見遣った狭霧は、嘲笑を浮かべるでもなく首を上下させた。

「で、ストッカーってどこだ?」

「そこ」

狭霧が指差したのは、調理台の上に設えられている収納棚の一角だ。さすがに、そこまでは覗いていなかった。

手を伸ばして取っ手を引く。最近のシステムキッチンらしく、利便性のいいリフトタイプになっている収納棚がゆっくりと下がってきた。

まずは、様々な銘柄の紅茶缶が並んでいることに驚く。缶入りのリーフティーだけでなく、ティーバッグのパッケージも整然と詰められていた。ジュースと同じくフランス語表記なので、アチラから持ち込んだものだろうか。

紅茶やココアの缶はあっても食品らしきものは見当たらないので、隣の取っ手を引いてみる。

「………」

食品……か？

思わず動きを止めた隆世の耳に、狭霧の声が飛び込んできた。

「なぁ……えーっと、隆世。焦げてないか？」

「っあ！　やべっ」

慌ててＩＨコンロのスイッチを切る。一番弱い設定にしていたけれど、フライパンの中のフレンチトーストは無事か？

恐る恐る確かめた隆世は、かろうじて『香ばしい』と表現できる状態で持ち堪えていることにホッとした。

「安心してください。あんたの飯は無事だ。……つーか、食料ってアレだけか？」

フレンチトーストをプレートに移しながら、アレと収納棚を視線で指す。

隆世が差し出したプレートを受け取った狭霧は、なにか文句があるのかと言いたそうな顔で短く答えた。

「そう」

「シリアルと、ドライフルーツしか見えなかったんだけど。あんたは鳥かっ？」

それも、日本でよく目にするような甘いフレーバーがつけられたお菓子的なシリアルではなく、乾燥穀物をミックスしたミューズリーというやつだ。

日本にいてはあまり馴染みのないパッケージから受ける印象は、こう言っては失礼だと思うが『鳥の餌《えさ》』で……まだ、シュガーコーティングされたグラノーラならマシだったかもしれない。

フレンチトーストの載ったプレートをランチョンマットに置いた狭霧は、ムッとした顔で言い返してきた。

「人を鳥呼ばわりするな。その奥に、ビスケットとチョコレートもある。鳥がチョコレートを食するか？」

「鳥の餌っていうのは、確かに暴言だった。それは謝る。でも、コレで生きてる人間に胸を張ってまっとうな食事だと主張されても、そうですかとうなずけるかよ。『はぁ？』って鼻で笑うね」

「それだけじゃない。仕事関係の人とか、ここに来る人間が色々持ってくるから、他のものも口にしている。僕一人だと、紅茶とジュース、シリアルとか……だけど」

勢いよく言い返していた狭霧だが、最後のほうは小声になる。棚に収まっている諸々《もろもろ》がまともな食事ではない、という自覚は一応あるらしい。

仕事関係……はともかく、ここに来る人間、か。その言葉に一番に思い浮かんだのは、一時間ほど前に廊下ですれ違った女性の姿だった。

フランスから日本に来て、約半月。この生活感のなさ。玄人としか言いようのない女性の雰囲気。

それらを総合して考えれば、真っ当な交際をしている女性ではないと思われる。金銭で割り切った、一夜の恋人というヤツか。

清廉《せいれん》そうな狭霧を見ていると、そういう生々しい俗っぽさとは無縁の空気を纏っているように感じるのだが。

まぁ……でも、二十代半ばの男であることを考えると、ある意味『普通』なのかもしれない。

自分も男なので、そのあたりの生理的事情は理解できなくはなかった。

夜の繁華街でその場限りの相手を見繕い、無防備によく知らない人間を相手にすることと比べれば危機管理ができていると言えなくもないか。

そう頭では納得しているのに、なんとも形容しがたい違和感というかモヤモヤとした気分の悪さが胸の奥に渦巻いていた。

「まぁいい。そいつらは備蓄用の非常食にしてください。俺がバイトをしているあいだは、真っ当な人間の食事をしてもらう。ヨーグルトに添えるジャムは、ブルーベリー？　マーマレード？」

狭霧は、好きなほうを選べと隆世が左右の手で持ったジャムの瓶を交互に見遣って、表情を曇《くも》らせた。

「……チェリーのコンポートはないのか」

チェリーのコンポート、ときたか。

喉元まで込み上げてきたため息を押し戻した隆世は、両手を下ろして淡々と答えた。

「少なくともそこのコンビニには、そんな上等なものはなかったな。お望みなら、この後買い出しに行ってくるよ」

「ブルーベリーだ。……コンフィチュールとチーズやヨーグルトは、上質なものを口にしたい。種類も多いほうがいいから、買い揃えろ」

「はいはい。わかりましたよ」

口に出したら皮肉になるだろうから、心の中で「王様……」と続ける。食にこだわっていないようでいて、変なところで注文が多い人だ。

狭霧の要望に応《こた》えようと思ったら、コンビニはもちろん、近場のスーパーでも無理だ。輸入食品を専門に取り揃えている、大型のスーパーマーケットへ行かなければ入手できないだろう。

やはり、父親の車を借りてくればよかった……と後悔しても、後の祭りだ。

「隆世は？」

フォークを手にした狭霧は、フレンチトーストを一口サイズに切り分けて顔を上げた。

隆世は、注文の紅茶をカップに注ぎながら質問の意味を考える。

おまえは食事をとらないのか、という意味で合っているのだろうか。

「……俺は、自宅で朝食をしっかり食ってるから。昼飯には早いし、買い出しついでに外で済ませてくる」

答えとしては正解だったようだが、その内容は不満らしい。狭霧は、眉を寄せて文句をぶつけてきた。

「自分だけ食事をするのは気詰まりだ。明日から、隆世も一緒に昼食をとれ。メニューは君の好きなものでいい。材料費は僕が持つ」

「……わっかりました。毎日ステーキでも、文句言うなよ」

なんでもいいと言いながら、妙なところで口うるさいと実感したばかりだ。

こちらに合わせると言ったくせに、後で文句を言う気じゃないだろうなと、当て擦《こす》りを口にしてしまう。

狭霧は、フレンチトーストをフォークの腹に載せたところで手を止めて、目線のみを向けてきた。

「君が本当にそれを口にしたいのであれば、止めない。ただ、僕への嫌がらせのために無理して毎日同じものを食べ続けようとするのは、愚かだな」

特別な感情の窺《うかが》えない調子でそれだけ言い放ち、フレンチトーストを口に入れる。

隆世を言い負かそうという意図でもなく、思ったことをそのまま言葉にしているだけなのだろう。

しかし、言い返すことの不可能な正論だ。顔が綺麗《きれい》なだけに、強烈というか痛烈だった。

絶句した隆世は、奥歯を噛んでカウンターにティーカップを置いた。

本っ当に、可愛げがない。

自分の手元に視線を落として、そう頭の中でぼやいたのとほぼ同時に、狭霧のつぶやきが聞こえてきた。

「なんだこれ」

「見ての通り、フレンチトーストだよ。お口に合いませんかね」

「メチャクチャに美味《うま》い」

「……っ」

隆世は嫌味をたっぷり込めた言い方をしたのに、狭霧は嫌な顔をするでもなく、短く言葉を返してきた。

予想もしていなかった切り返しに、隆世はどう反応すればいいのかわからなくなり……唇を引き結ぶ。

「こんなフレンチトースト、初めてだ。母上のレシピか?」

「母親……じゃないけど、まぁ似たようなものかな。洋菓子の職人、プロから教えてもらったから」

「硬さといい、卵とミルクの配合といい……素晴らしいな」

「それは、どうも」

手放しで褒められてしまうと、どんな顔をすればいいのか迷う。ギュッと眉間に皺を刻んで無愛想に応えた。

本心からの賛辞だったとわかる勢いで、綺麗な所作ながらパクパクとフレンチトーストを食べ切った狭霧は、ふと顔を上げて隆世を目にすると首を傾げた。

「隆世。どうして難しい顔をしているんだ？」

「……そんなに気に入るなら、もう一枚焼いておけばよかったかと思って」

褒められたことの照れ隠しで、わざと顔を顰《しか》めているなんて子供じみたこと、言えるわけがない。

咄嗟に、そんな苦しい言い回しで誤魔化した。

「また今度でいい。楽しみは小分けにしたほうがいいだろう」

言い返してきた狭霧は、大真面目な表情だ。咄嗟の誤魔化し文句だったのに、疑う様子もない。

マキシムの言葉が、頭を過《よぎ》る。

ストレートに物を言うから、誤解されるのだ……と。

確かに、わざとこちらの神経を逆撫でしているのではないかと疑いたくなる言い方をするけれど、思ったことをそのまま口に出しているだけなのかもしれない。

いずれにしても、やはり厄介というか……一筋縄ではいかない人だ。これまで自分の周りにはいなかったタイプなので、扱いに迷う。

「クレープも作れるか？」

「ああ」

「ティータイムは、クレープにしてくれ。ソースはアプリコット」

「……わかった」

頭の中で、買い出しリストに『アプリコットジャム』を書き足す。ついでに、クレープ用の粉と……生クリームも必要か。わりと子供じみた嗜好《しこう》のようなので、アイスクリームを添えても喜びそうだ。

狭霧はマイペースで食事を終えて、「仕事をする」と言い置いて席を立った。

隆世が食器や調理器具の片づけをしていると、ドアの開く音がして視界の端に白いシャツが映る。

「必要なものの買い出しには、これを使え。大学や仕事先に届け物を頼むこともあるだろうから、交通費もそこから出せばいい。足りなくなれば、知らせてくれ」

「ああ……じゃあ、バイトが終わるまで預かっておく」

洗い物をしながら、キッチンカウンターの端に置かれた封筒をチラリと見てうなずいた。

用事を済ませればそそくさと自室に戻る……と思っていた狭霧だが、踵を返しかけて動きを止めた。

「言い忘れた」

「ハイ?」

難癖か、嫌味か……?

そう疑ってかかり、顔を上げることなく軽く応える。

「ゴチソウサマでした」

「……は……い?」

明らかに、言い慣れていないとわかる……不器用な『ゴチソウサマ』だった。

驚いた隆世は、目をしばたたかせて間抜けな一言を零し、顔を上げる。けれど時遅く、狭霧の背中しか見えなかった。

どんな顔で、さっきの言葉を口にしたのだろう。見そびれてしまった。

「なんなんだ、あの人……」

いろんな意味で想定を裏切る。

ペースを狂わされるばかりだ。バイト初日の二時間ほどなのに、どれだけ啞然とさせられただろう。

綺麗な顔で、捻くれた発言をしたかと思えば……今度は子供みたいに素直になる。清廉な雰囲気のくせに、淫靡《いんび》な夜の空気を背負う女性の影をチラつかせる。

霞《かすみ》を食うという仙人のようにストイックかと思っていたら、妙なこだわりを見せる。

これほど、第一印象がコロコロ変わる人は初めてだった。鍛えられているはずの自分の直感に、自信がなくなりそうだ。

一つ、確実なのは……。

「とりあえず、退屈するってことはなさそうだなぁ。これも、人生勉強ってヤツか」

ということだった。

なんとなく振り回されているような気がするのは癪だが、人として成長するための糧にしてしまえ。

ふっと小さく息をついた隆世は、自分が唇の端に微笑を滲ませているという自覚はなく食器洗いの続きに取りかかった。

《三》

ガラス扉を開いて店内に足を踏み入れると、顔馴染みになっているアルバイトの大学生が笑いかけてきた。

「こんにちは。……店長に用事？」

「特に用事はない。買い物」

仕事の邪魔をするつもりはないのでそう答えたのに、自分が関係者だと知っている彼女は奥の厨房《ちゅうぼう》に向かって声をかける。

「店長！　隆世さんがいらしてるんですけど」

「はーい、ちょっと待って」

軽やかな返事に続いて、清潔なエプロンを身に着けた見慣れた姿が奥から出てくる。

作業の邪魔をしたのではないかと、ほんの少し表情を曇らせた隆世と目を合わせて笑いかけてきた。

「お客さん途切れたし、一休みしようと思ったところだったんだ。……時間あるなら、お茶飲んでいく？　ご馳走するから、僕の休憩につき合ってよ」

「……じゃあ、少しだけ。カプチーノ」

「わかった。座って待ってて」

ランチタイムが終わった直後、二時過ぎという中途半端な時間のせいか、カフェスペースは無人だった。

さほど忙しくない時間だろうと読んで立ち寄ったのだから、読みが外れていないことにホッとする。

隆世が二人がけのテーブルに着いて上着を脱ぐのとほぼ同時に、コーヒーカップが目の前に置かれた。

「どうぞ。クッキーもおまけ」

「ありがとと、那智」

テーブルにコーヒーカップを二つとクッキーの載った小皿を置いた那智は、向かい側のイスを引いて腰を下ろす。

「……アルバイト中だよね。お使い？」

隆世が、連日「バイト」と言い置いて出かけていることを知っているので、微笑を浮かべて尋ねてきた。

狭霧のところで雑用のアルバイトを始めて、今日で五日だ。毎日、容赦なくこき使われている。

「うん。取り寄せていた本が入荷したって連絡があって、そこの書店まで引き取りに来たから。……雇い主、那智のフレンチトーストとかがお気に入りみたいだから、ついでになにか買って帰ろうと思って」

那智は、この焼き菓子店『Pommes《ポム》』の店長をしている。自分と知り合ったのは十年以上前になるが、その頃には既に店を持ち、経営していた。

ついでに、隆世や父親と生計を共にしている存在でもあり……父親の、この表現が正しいかどうかはわからないが『伴侶』だ。

フレンチトーストを母親に習ったのかと尋ねてきた狭霧には『似たようなもの』と答えたが、嘘ではない。

那智は女性ではないけれど、十年も一緒に暮らしているのだから、世間にどう見られようが隆世の感覚的にはすっかり『家族』なのだ。

あの父親の我儘を仕方ないなと微笑んで受け入れ、時に叱責《しっせき》し……宥《なだ》めて、巧みに支えている彼の手腕は、見事としか言いようがない。

「それは光栄だなぁ。どれでも、その人が好きそうなものを持って行って。全種類、一個ずつとかでもいいけど」

隆世の言葉に、やわらかな笑みを浮かべた。

初めて逢ってから十年以上も経《た》つのに、あの頃とほとんど変わっていない温和で優しい空気を漂わせている。

「……さすがにそれは多いかな。あ、きちんと買うからな。経営者として、利益を確保するのは当然だ」

「んー……じゃあ、たっぷりおまけするね。割れちゃって、商品にできないクッキーとかタルト台で申し訳ないけど」

可愛げのない言い方で予《あらかじ》め買うと宣言した隆世に、那智は眼鏡《めがね》の奥で目を伏せて少し残念そうな顔をした。

けれど、その直後に隆世が文句を言えない一言を付け加える。どうやら、「おまけ」をすることで自分を納得させたらしい。

「それは、ありがたくもらっていく」

「そうしてください」

素直に好意を受け止めた隆世に、安堵《あんど》の滲む微笑を浮かべた。

那智の温和な笑みを前にすると、ふわりと心が安らぐ。リラックス効果があるという、マイナスイオンを発しているのではないかと不思議になるくらいだ。

雇い主……狭霧とは、正反対な空気を纏っていると言ってもいい。

「あ、そうだ。今度、ガレットだったっけ……そば粉を使ったクレープの作り方、教えて。王様がご所望なんだ」

狭霧の顔が頭に浮かんだのと同時に、今日のブランチを出した際に受けたリクエストを思い出した。

初日になんでもいいと言い放ったくせに、隆世がそこそこ器用に料理をこなすと知ったら当然のように「今度はアレ」と主張するようになったのだ。

丸投げされるより、そうして献立をリクエストしてくれたほうがメニューに悩むこともなくていいけれど、どうにも複雑な気分だ。

「ふふ……王様、かぁ。その人の口に合うかどうかはわからないけど、わかった」

「大丈夫。那智のレシピ、すげー好きみたいだって言っただろ。無頓着《むとんちゃく》かと思ったら、変なところでこだわって……我儘な子供みたいな人なんだ。あんなにワケのわかんない人間、初めてだ」

それに加えて、毎日のように『お相手』を自宅マンションに招き入れているらしい……とは、さすがに続けられなかった。

通い始めて五日間で、狭霧の部屋から出てきたと思《おぼ》しき人と廊下ですれ違った回数は四回。今朝に至っては男性だった。

そのくせ、ブランチの準備を整えた隆世が声をかけると自室から出てくる狭霧は、事後の余韻のような生々しい空気を一切感じさせない。

バイトの仲介者であるマキシムは狭霧を『魔性の人』と言ったが、隆世にとっては心底『ワケのわからない人間』だ。

那智をはじめとして、周りにいる昔なじみの人たちが初対面の頃からほぼ印象が変わることのない人ばかりなので、尚更あのタイプには戸惑う。

どう扱えばいいのか、手探りの毎日だ。

言葉を切った隆世は、カップを手にしてカプチーノの表面を覆う泡を含む。舌の上に広がる優しいフォームミルクの味に、小さく息をついた。

「あー……和む」

思わず、一言零してしまった。

那智は仕事中だし、バイト中に道草を食っているのだから長居はできない。

でも、こうして息抜きができたのはよかった。狭霧のところにいれば、無意識に眉間に皺を刻んでいることが多いのだ。

アルバイトとして雇われているので当然だが、呼ばれたらすぐに駆けつけなければならない。

それだけならまだしも、ぼんやりとしているようでいて奇妙に頭の回転が速い狭霧は、隆世が的外れな言動をしたら屁理屈を取り混ぜた嫌味を投げつけてくる。

きちんと説明してくれないそっちが悪いんだろう……とは、負け惜しみを含む言い訳のようで、言い返せない。

物心ついて以来、常にそつなくこなしてきた。周囲からやっかみ混じりの八つ当たりをされることはあっても、『そんなこともできないのか。使えん』などと言われたことは一度もなかった。

妙なストレスを溜めないように、反論が可能な範囲で言い返しているのだが、気が休まることはない。

「あそこにいたら、色んな意味で常に緊張しているからなぁ。野球観戦に似てるかも。うっかり気を抜いて目を離したら、ファールボールが飛んできて痛い目に遭う。レイの場合は、肉体的なダメージを受けるんじゃなくて精神的なモノだけど」

「……隆くんが誰かをそんなふうに言うの、珍しいね」

「っと……ごめん。愚痴っていうか、陰口っぽかった？」

だとしたら、反省しなければ。

自分が合わないからといって、当人がいない場で不満を零すのは恥ずかしい行為だ。相手が那智なので、つい甘えてしまった。

狭霧について語るのはもうやめようと口を噤《つぐ》んだ隆世に、那智は首を横に振る。

「ううん。そういう意味じゃなくて。隆くんは、いつも実際の年齢を忘れるくらいしっかりしていて……大人だから。隆くんでも、誰かのことで弱った顔をすることがあるんだなって、新鮮だった。隆くんにも敵わない人がいるのかぁ」

クスリと笑われてしまい、唇を尖《とが》らせる。そんな子供じみた仕草を那智に見咎められる前に、カプチーノを飲むことで表情を隠した。

彼には、幼稚園児の頃から知られている。それだけならまだしも、成長過程……父親と激しく衝突した中学生時代のことまでひとつ残らず傍で見られているので、『大人』という褒め言葉は気恥ずかしい。

「レイ……バイトの雇い主は、ちょっと苦手なだけだ。俺が敵わないって認めているのは、二人……三人だけだよ」

それが、多いか少ないかは別として……と、意図して鹿爪らしい顔を装う。

目をしばたたかせた那智は、少しだけ首を傾げて指を折った。

「三人？　僕が知る限り、隆くんが敵わない相手っていうと……佑真くんと、武川くんと……有隆《ゆたか》？」

佑真とそのパートナーは、自分たち共通の知人なので、すぐに思い至ったのだろう。

完膚なきまでにフラれたことを知らない那智は、スラリと口に出した名前に隆世がドキッとしたことなど、気づいていないはずだ。

動揺を顔に出さないよう、一拍置いてから口を開いた。

「佑真に関しては、正解。秀一は……悔しいけど、張り合っても十回に八回くらいは負けるって認める。親父だけは不正解。もう一人は那智だよ」

「え、僕っ？　そ、そんなに怖い……かな？」

きょとんとした顔で自分を指差した那智は、なにが理由だろ……と思い悩んでいる。テーブル越しに聞こえてくる小さな独り言は、愉快だった。

「有隆とケンカした時に、殴っちゃったから……かな。でもあれは、隆くんより有隆に対して怒ったんだし……あ、そうだ。この前の」

テーブルに視線を落とし、小さく零しながら難しい顔をしている那智の前に、トントンと指を打ちつける。

「那智。真剣に悩まなくても大丈夫だって。敵わないのにも、種類があるだろ。怖がってるんじゃなくて、なんていうか……変な言い方だけど、男っていくつになっても母親には勝てないっていうからさ。それと、同じ」

大声でなければ聞こえないとは思うが、アルバイトの存在を考慮して、最小限の音量で『母親』云々《うんぬん》と口にする。

弾《はじ》かれたようにパッと顔を上げた那智は、目を見開き……なにか言いかけて唇を引き結び、なんとも形容しがたい顔で隆世を見た。

戸惑いをたっぷりと浮かべたその顔は、照れているようにも、少し泣きそうな頼りないものにも見える。

この場でそんな顔をさせるつもりのなかった隆世は、カプチーノを飲み干して無理やり話題を変えた。

「あのさ、俺そろそろ行くよ。テイクアウト、お願いしていい？」

「あ、うん。クッキーとか、おまけの用意しておくからタルトを選んでて。その、レイさんって……興味深いね。甘いものが嫌いじゃなさそうだし、機会があったら、いつかここに招待したいな」

微笑を浮かべたままそう言った那智に、頬を引き攣らせてしまったかもしれない。

いろんな意味でこの店に連れてくるのは難しそうな彼を、多少無理してでも誘いたいとも思えない。

「冗談みたいにインドアな人だから、外に連れ出すのは難しそうだけど……機会があればね。ご馳走さまでした」

そそくさと席を立った隆世は、上着とバッグを手に持ってタルトの並ぶガラスケースに足を向ける。

隆世の少し後からテーブルを離れた那智は、アルバイトの女性に「好きなタルトと飲み物を選んで、奥で一休みして」と声をかけて調理場へ入っていった。

その背中を見送った隆世は、ふっと息をついてガラスケースを覗き込む。

時期がら、苺《いちご》を使ったものが多い。狭霧はフルーツ全般を好むようだから、ベーシックな苺タルトとミックスベリータルト、ベイクドチーズとチョコレートタルトなら大きく好みから外れることはないはずだ。

和風タルトの、黒豆の抹茶ムースも個人的にはお薦めだが……フランス暮らしが長いらしい人に、抹茶を使ったものは冒険だろうか。

腕を組んだ隆世は、やっぱりあの人はよく読めないなぁ……と狭霧のことを考えて眉を顰めながら、色とりどりのタルトを睨んだ。

□□□

預かっている合鍵で扉を開けて玄関を入った隆世は、一日の大部分を自室に籠っている狭霧がリビングにいる気配に首を傾げた。

「……？　ただいま帰りました。これ、引き取りを頼まれていた本」

狭霧の使いで出かけていたので、一応帰宅の挨拶をする。本を待っていたのかと、バッグの中から書店の紙袋に包まれた分厚い本を差し出した。

「遅い」

本を受け取った狭霧は、中を検《あらた》めることもなくソファに投げ出し、不機嫌な顔と口調で文句を口にする。

那智の店に立ち寄ってコーヒーを飲んでいたという負い目がある隆世は、素直に謝罪しておくことにした。

「寄り道をしたから……スミマセン。あ、でもおやつを買ってきた。たぶん、レイは好きだと思う」

「……なんだ？」

「どうぞ」

子供のような好奇心をむき出しにして聞き返してきた狭霧に、『Pommes』のロゴが印刷された紙袋を差し出す。

受け取った狭霧は、リビングテーブルの上に紙袋を置いて中の箱や『おまけ』の焼き菓子が入っている袋を、いそいそと取り出した。

不機嫌の理由は、小腹が空いていたせいなのかもしれない。

「お茶、淹れようか」

「ああ。アールグレイ……いや、やっぱりセイロンにしろ。フレーバーが邪魔だ」

箱を開けてタルトを目にしたところで、紅茶の種類を変更するよう言いつけてくる。

ハイハイとうなずいた隆世は、キッチンに立ってケトルに水を注いだ。自分は普段コーヒーばかりなので、正しい紅茶の淹れ方などわからない。ただ、簡単に調べただけで本当は電

Pommes.

子ポットを使うべきではないと知れた。

本来の風味は出ていないと思うが、これまで狭霧から苦情を寄せられたことはない。

どこまで細かくてどこから大雑把なのか、本当に読めない人だ。

もしかして、その時の気分で変わるという、一番面倒で厄介、傍迷惑《はためいわく》な性質なのかもしれないと疑っている。

「隆世、どれを食べていい？」

「どれでも、いくつでも。好きなものを好きなだけどうぞ。あ、生フルーツ以外のものなら明日まで大丈夫だから、優先順位をつけるとしたらナマモノが先だ」

デセールを使って紅茶の葉をティーポットに入れながら答えたところで、リビングの隅にある電話の着信音が鳴り響いた。

狭霧は、ものすごく嫌そうな顔でファックス機能付きの電話を見遣る。

「君が出ろ」

「……了解しました」

この人が、電話を苦手としていることは承知している。尊大な態度に、仕方ないな……と苦笑を浮かべて電話機へ足を向けた。

「ハイ、狭霧」

『レイ？』

受話器を持ち上げるなり、男の声が狭霧の名を呼んだ。

電話口に出たのが狭霧本人か否かの確認もなく、一方的に話しかけてくる。マシンガンのごとく繰り出されているのは、フランス語……か？

「ちょ……っと、待て。Please wait a moment! レイ！」

フランス語会話は数年に亘《わた》って習っているし、面と向かっての日常会話程度ならそれなりにこなせる自信がある。けれど、こうして雑音混じりの電話越しに、早口で捲《まく》し立てられるとなれば別だ。

悔しいけれど、聞き取るのも追いつかない。しかも焦ったせいで、咄嗟に口から飛び出したのは英語だ。

名前を呼んで受話器を差し出した隆世に、狭霧は眉を顰めた。

「なに？」

「たぶん、あんたのお友達だ」

この様子だと、仕事関係者や畏《かしこ》まった間柄ではないだろう。狭霧は、嫌そうな顔のまま隆世が差し出したコードレスを受け取る。

「仕方ないな。日本人のワカモノは、外国語がからきしダメだ。紅茶、すぐ飲めるように準備してろ」

嫌味な口調でそう言われても、反論できなかった。電話越しだから、とか……早口だからと言い訳をするのは、もっとみっともない。

ポツポツと電話の相手に応対していた狭霧は、蒸らした紅茶をポットからティーカップに注ぎ始めたところで通話を終えた。

大股でキッチンカウンターの脇に立ち、顔を上げた隆世に向かって恐ろしく不機嫌そうな表情で口を開く。

「客が来る」

とんでもなく簡潔な言葉だ。

子供じゃあるまいし……という呆《あき》れを表に出さないよう表情を引き締めて、自分はどうすればいいのだと聞き返した。

「……いつ、何人？　迎えに行ったほうがいいか？」

「一人。五分後に着くらしい。タクシーの中からだ。無視してもいいが、後々面倒なことになるから仕方ない」

そう言いながら、右手に持ったままだったコードレスを持ち上げる。

さすがに今度は、ポーカーフェイスを繕えなかった。ピクッと眉を震わせた隆世に、狭霧は似たような顔で言葉を続ける。

「客扱いしなくていい。飲み物も水だ」

「そういうわけにいかないでしょう。幸い、タルトは数があるし……その人も、紅茶でいいですか」

「水でいいと言っただろう。タルトも、冷蔵庫に隠せ」

冗談ではなく、本気か？

あまりにも子供じみた発言に、苦笑いが浮かぶ。

「そんな、子供みたいに……」

「子供で結構。アポイントもなく、唐突に訪ねてくるような無礼者には相応の持て成しだ。いつ日本に来た……僕がここに住んでいることを、誰に聞いたんだ？　だいたいの予想はつくが、漏らしたヤツを締め上げてやる」

狭霧は、険しい表情で物騒なことを口走りながら、握り締めていたコードレスを親機へと戻しに行く。

雑用としてここに通うようになって、五日。さほど深く知っているわけではないが、これほど感情を露《あら》わにする狭霧を目にするのは初めてだ。

どんな人物か興味深い……が、もしかして接待するのは自分か？

この狭霧を以て、無視したら面倒だと言わしめる人物……か。一筋縄ではいかないタイプだろうと、想像に難くない。

いくらなんでも水を出すわけにはいかないと思い、紅茶を用意しようとポットに水を注いだところで集合玄関からのインターホンが鳴り響く。

「隆世！　ロックを解除してやれ」

「ハイハイ！　了解しましたっ」

この先の展開を憂い、遠い目をしている場合ではない。構える間もなく、その訪問者がやって来てしまったらしい。

ポットのスイッチをオンにした隆世は、この不安が杞憂《きゆう》で終わることを祈りつつキッチンカウンターを出た。


玄関扉が開閉する音に続き、通りのいい男の声が聞こえてくる。

『いいトコロに住んでるなぁ、レイ。そのスタイルも相変わらず……か。せっかくのジャパニーズビューティーなのに、もったいな……』

『うるさい、黙れっ！　今すぐ蹴り出されたくなければ、余計なコトをしゃべるなよ！』

『なんで、顔を合わせるなり怒って……って、あれ？　さっき、最初に電話を取ったの……カレ？』

狭霧と話しながらリビングに姿を現したのは、見事なブロンドとグリーンアイの、典型的なアングロサクソン系の青年だった。高級ブランド誌の表紙を飾っていてもおかしくないくらいの、美形だ。

ソファの脇に立っている隆世を目に留めると、イタズラっぽく笑って首を傾げて足を止める。

人懐っこそうな全体的な雰囲気や、明るい色の髪、豊かな表情からなにかを連想する……と思考を巡らせていた隆世の頭に閃《ひらめ》いたのは、友人宅で飼われているゴールデンレトリバーだった。

犬扱いは失礼かと、思い浮かんだ大型犬を打ち消そうとしても、なかなか頭から離れてくれない。

「Enchanté. Je suis parti il y a quelque temps」

コホンと咳《せき》払いをしてフランス語で挨拶をした隆世に、目を丸くしたのは狭霧だった。驚きを示す顔に、少しだけ胸がスッとする。

「なんだよ、その顔。マキシムの紹介でここに来たんだから、フランス語がまったくダメなわけじゃないのはわかってただろ?」

「そ……だけど。さっきは、もっと……」

「不意打ちだったから、頭の中で切り替えがうまくできていなかっただけだ。普通のスピードで話してくれたら、八割くらいは理解できる」

客をそっちのけで狭霧と話していると、唐突に青年が会話に参加してきた。

「Je suis terrible!　留学経験は？　発音、キレイで驚いた！」

……同じ言葉を、そっくりそのまま返したい。そう思いつつ、巧みな日本語で話しかけてきた彼に目を向ける。

日本人離れをした体格だとよく言われる隆世より、数センチ上背がある。手足の長さ、腰の位置などは比べる間でもなくあちらが勝っていて……ほぼ同じ背丈の父親を除き、誰かを見上げるということのない隆世にとって、新鮮な目線の高さだった。

「郷に入っては郷に従え、と言う言葉がありますね。日本語でどうぞ？」

隆世と目を合わせると、そう言いながら端整な顔に笑みを浮かべる。

日本語は完璧らしい。お言葉に甘えて、遠慮なくこちらの言葉を使わせてもらうことにしよう。

「留学経験はありません。アナタも見事な日本語ですね」

「Merci. ありがとう。Hugo……ユーゴだ。で、キミは？」

「隆世です。リューセーが言い辛《づら》いようなら、リュウで」

「リュウ、ね。了解。えーっと、リュウは、レイの」

うなずいたユーゴが狭霧の名前を出したところで、隆世とユーゴのやり取りを傍観していた狭霧が割り込んでくる。

自分とユーゴのあいだに入ると、さほど小柄な部類ではないはずの狭霧がとてつもなく華奢に見える。

「ただの、小間使いだ。Un ouvrier subaltern! 隆世、紅茶。仕方ないから、ユーゴにもお茶とタルトを出してやれ」

「……わかりました」

どうやら狭霧は、隆世とユーゴが会話を交わすことを歓迎していないようだ。そう察して、ユーゴに目礼を残すとキッチンへ向かう。

親しげな二人のやり取りを、背中で聞いた。

「ユーゴ、僕との会話も日本語だ。どうせ母国語と変わらないくらい達者なんだし、郷に入っては郷に従うんだろう?」

「んー? それは、いいケド。リュウは、ホントにただの雑用係? あっ、もしかして、レイの」

「余計なことをしゃべるなと言っただろう! 先に言っておくが……」

そこから先は、声を潜めたのか隆世の耳には届かなかった。盗み聞きする気はないので、二人の会話から注意を逸らしてお茶の準備に取りかかる。

タルトを置く小皿と、フォークを二つずつ。紅茶は、先に淹れてあったものは自分が飲むことにして、新しく抽出したものを狭霧とユーゴの分をカップに注ぐ。

見ようと意識しなくても、カウンターの向こう……リビングにいる二人の様子は視界に入った。

狭霧の肩を抱こうとしたユーゴに、眉を顰めて文句らしきものを言っている。それでも手を回したユーゴの手を叩き落とし、背中を向けた狭霧に、ユーゴは苦笑を滲ませて話しかけていた。

ふと、隆世の頭に浮かんだのは『痴話ゲンカ』という言葉だった。

ユーゴに対する狭霧の態度は、親しい友人というより俗に言う『元彼』に近いのではないだろうか。

自分の初恋が同性だった上に、身近に性別を問題視しないカップルが二組もいる。おかげでというべきか、隆世も物心つく頃には自然と、恋人という関係が男女間だけのものではないと受け入れていた。

だから、ユーゴと狭霧のあいだに漂う独特の空気の正体も、なんとなく予想がつく。

男女不問で、連日のように部屋に入れている狭霧の過去に、この男がいても不思議ではないか。

「って、俺には関係ないけど」

二人が元恋人だろうが、現恋人だろうが……自分には無関係なことだし、詮索する気もない。

そう独り言を零して、木製のトレイに小皿とフォーク、紅茶セットを揃えた。

トレイを両手で持ってリビングテーブルに運ぶと、ユーゴが「あれ?」と不思議そうな顔をする。

「二人分? もしかして、リュウは自分をカウントしていない?」

「……俺は、ただの雑用だから。図々しく同席することはできないです」

答えながら、テーブルにポットやティーカップを並べる。小皿にフォークを添えて、タルトが入っている紙箱を指差した。

「どれにします? レイ?」

嬉《うれ》しそうに箱を覗いていた狭霧の顔を見ると、先ほどとは打って変わって渋い表情を浮かべていた。

手を伸ばし、苺がたっぷりと飾られたタルトを指差す。

「コレ。仕方ないから、ユーゴも選べ」

「仕方ないから、って……冷たいねぇ? 私は、こちらを。リュウは? 一緒にティータイムをしよう」

抹茶のムースタルトを指差しながらそう口にしたユーゴに、狭霧はますます機嫌を下降させた。

露骨に嫌そうな顔をされても、ユーゴが気にする様子はない。気づいていないのではなく、意図的に気づかないふりをしているのだ。

……なかなか、逞《たくま》しい。

不意打ちとしか言いようのない訪問の仕方からして予測はついていたけれど、やはり一筋縄ではいかない人物のようだ。

「せっかくですが、俺は……」

断り文句を口にしかけた隆世の台詞《せりふ》を、予想外にも狭霧が遮った。

「同席すればいい。ユーゴと二人で話すこともないし」

「久しぶりに逢ったのに、ツレナイなぁ……レイ。まぁ、いいや。マスターの許可が出たから、いいだろう?」

「じゃあ……お邪魔します」

躊躇《ためら》いは拭《ぬぐ》いきれなかったけれど、二人がいいと言うのなら固辞する理由もない。うなずいた隆世にユーゴは満面の笑みを浮かべ、狭霧は無表情で顔を背けた。

自分が許可したくせに、あからさまに歓迎しないと態度で表している。複雑な人だ。

ため息を呑み込んだ隆世は、二人の皿にタルトを載せ、残りを冷蔵庫に仕舞うついでに自分のティーカップを持ってリビングテーブルに戻った。

「リュウ、ここ座って」

自分の隣を指差したユーゴに従い、ソファに腰を下ろす。テーブルの角を挟んで、ユーゴの斜め前……フローリングに敷いたラグマットに座り込んでいる狭霧は、チラリとこちらに目を向けて唇を引き結んだ。

「イタダキマス」

隆世が座るのを待っていたのか、ユーゴは両手を合わせて丁寧な挨拶を口にすると、フォークを持った。嬉しそうな顔で抹茶パウダーが施されたムースを切り崩《くず》し、躊躇う様子もなく口に含む。

外国の人に抹茶は、馴染みが薄い食材なのでは……という隆世の心配は、直後に吹き飛んだ。

「美味《おい》しい！　ううむ、甘みと苦みのバランスが、絶妙……ムースも、硬すぎず柔らかすぎず。黒豆のグラッセも、絶品だ」

「……作った人が喜びます」

称賛しながら、ものすごい勢いでタルトを口に運ぶ。隆世が唖然として見ているあいだに、皿の上にはパラフィン紙が残るのみとなった。

ティーカップを手にすることもなく固まっている隆世に、狭霧が解説してくれる。

「ユーゴは日本オタクなんだ。食文化はもちろん、文学や風習についても呆れるほど詳しい。大学でも、毎日学生相手に熱弁を振るっている。本来の専門はエレクトロニクスのはずなのに、無関係なアニメについて聞かされる学生が気の毒だ」

「そうそう、申し遅れましたが……」

フォークを置いたユーゴは、そう畏まって上着のポケットから名刺ケースを取り出す。名刺に種類があるのか、「リュウにはコッチをあげよう」と差し出された紙片を両手で受け取り、目を落とした。

「ご丁寧に、どうも」

フランス語と、裏面には英語で表記されているのは……ユーゴの名前、そして日本人の隆世でも知っている名門の大学名とプロフェッサーであるという肩書き。ついでのように、日本文学やカルチャーの研究者であることも併記されている。

「レイは、同じ大学に通っていたんだ。専攻は違うけど……当時から彼は、学内でも目立つ存在だったから」

「ユーゴ、昔話を始めるのは歳を取った証拠だ」

淡々とした声でユーゴの言葉を遮る。

先ほどから、この調子だ。どうやら、ユーゴの口から自分について語られるのを避けたがっているらしい。

カンケイがあったことを隆世に悟られないよう警戒しているのかもしれないが、あまりにも警戒しすぎで逆効果だとは……狭霧自身は気づいていないに違いない。

発言を制されたユーゴは、苦笑を浮かべて話題を切り替えた。

「……レイやリュウよりは年上だけどね。三十歳は、大学のお偉いサンからはお子様扱いされる歳だぞ」

「ふん。確かに、目を輝かせてアニメを見ている姿は子供だ。キャラクターグッズでいっぱいのおもちゃ部屋を、自然科学エネルギーについて大真面目な特集を組んでいた雑誌の記者にリークしてやりたいね」

「なんだと。日本のアニメは素晴らしいんだ！　リュウも、日本人ならわかるだろう？　ちなみに、なにが好き？」

「はぁ……アニメ、ですか」

突如話を振られてしまい、目をしばたたかせる。戸惑う隆世の答えを、ユーゴは期待を滲ませた顔で待っていた。

困った。ここしばらくは、漫画雑誌にも手を伸ばしていない。自分にとって、最も身近なアニメと言えば……。

「あー……アレですかね。タイムマシンで百年後の未来から来た、青い猫型ロボット」

ようやく、無難な返事を思いつく。

あのアニメなら実際に好きだし、世界各国で放映されているはずなのでユーゴにも親しみ深いはずだ。

思った通りに、ユーゴはキラキラと目を輝かせた。

「ああ！　アレは素晴らしいね。フランスでも子供たちに人気があるよ。住宅事情といい小学校のシステムといい、日本文化に触れるきっかけとしてもいい教材だ。特に私がおススメしたいのは、長編映画の……」

「ユーゴ、オタク講義をするためにわざわざ来たのか？　僕は暇じゃない。ティーカップが空いたら、帰れ」

延々と語りそうなユーゴに、狭霧はこれ見よがしなため息をつく。

この人、暇なのか？　という疑問は隆世の頭にも浮かんだものだったので、狭霧の言葉に同意してしまいそうになった。

際どいところでうなずきかけた首の動きを止め、ユーゴの反応を窺う。

「来たばかりなのに、追い返そうとするなんて……冷たいなぁ、レイ。仕事で日本に来たついでに、友人に逢いたいと思うのはいけないことかい？」

淡々とした口調で「帰れ」と言われたユーゴは、目尻《めじり》を下げてしょんぼりとした表情を浮かべながら、大袈裟《おおげさ》に嘆いて見せた。

その姿は、やはり友人宅のゴールデンレトリバーと重なってしまう。先日、はしゃいで室内で跳ね回った結果、立派な尻尾《しっぽ》で花瓶を叩き落として粉砕してしまい……叱責されて、耳と尻尾を垂れていた。

今のユーゴも、アレに通ずる憐憫《れんびん》をそそる。

うっかり絆《ほだ》されそうになっている隆世とは違い、狭霧は容赦ない調子で言い返した。

「事前に連絡をする常識を持ち合わせている友人なら、それなりに歓迎するけどね。フランスにいるはずの人間から、五分後に着くなどと言われて……歓迎できるものか。それで、予告なしに押しかけてきた理由は？」

「午後の予定がキャンセルになって、時間ができたんだ。マキシムから、レイがここに住んでるって聞いて……近かったから」

「自分勝手なこと、この上ないな」

確かに……メチャクチャだ。

隆世は、日本人離れした容姿の二人が日本語でテンポよく会話を交わすという奇妙な光景を、言葉もなく眺める。

大きなため息をついた狭霧は、片手で自分の髪をかき乱して隆世に目を向けてきた。

「隆世、今日はもう帰れ。ユーゴがいたら、どうせ仕事にならない」

「……わかりました。じゃあ、明日いつもの時間に。あ、リクエストされたガレットのレシピ、今夜中に聞いておくから……」

「明日のブランチは和食だ」

「はぁ……了解しました」

ニコリともせずに、捻くれた答えを返してくる。

反射的にピクリと眉を震わせた隆世だが、『狭霧は意図的にこちらの神経を逆撫でしようとしているわけではなく……ただ、思ったことをそのまま口にしているだけだ。悪気はない……はず』と、心の中で繰り返して波立ちそうになった気分を落ち着ける。

笑みを絶やすことなく隆世と狭霧のやり取りを見ていたユーゴは、立ち上がった隆世に釣られるように自分もソファから腰を浮かせた。

「リュウ」

「はい？」

呼びかけに振り向くと、思いがけず近い位置にユーゴの綺麗な顔があって、思わず背中を反らせる。

そんな隆世を追いかけるように両手を伸ばしてきて、それ以上逃げられないようにガシッと頭を摑まれた。

なにを考えているのか、マジマジと顔を覗き込んでくる。至近距離で目にする瞳の虹彩《こうさい》は、見事なグリーンだ。

外国人と接することは少なくないが、さすがにこの距離で顔を突き合わせる機会は多くないので戸惑う。いくら美形でも、初対面の男と吐息がかかりそうな距離で見つめ合うのは、嬉しくない。

手を振り払うのは失礼だろうか。いや、いきなり他人の頭を摑むほうが非常識だろうから、拒んでも問題ないはず。

その前に、言葉でやめてくれと訴えるべきか。

「あの……」

困惑が限界に達した隆世が口を開きかけたところで、ユーゴは大きくうなずいて手を放し、満面の笑みを浮かべた。

「うん、綺麗な黒目に黒髪。合格！　日本の若者はカラーリングしている人が多くて残念だけど、リュウは素晴らしい。大和撫子はこうでなければ」

「は……あ？」

ヤマトナデシコ？

このところ、続けてその単語を耳にしているような気がする。しかも、すべて純日本人ではない相手からだ。

どう言い返せばいいのかわからず、間抜けな一言を零したきり言葉を失ってしまう。

目を丸くしているであろう隆世に代わり、それまで無言だった狭霧が口を開いた。

「ユーゴ。隆世を大和撫子というには、無理がありすぎるだろう。見境のない」

「人聞きが悪いなぁ。私は、ジャパニーズビューティーが好きなだけだよ。神秘的で、実に美しい」

「バカらしい。残念ながら、大和撫子ってやつは本場の日本でも絶滅危惧《きぐ》種だ。遭遇できる確率は、一桁《ひとけた》未満だな」

「ゼロではないだけ、希望が持てるね」

言い合いを始めた二人を横目に、上着を手に取ってバッグを持つ。自分はもう、退席してもいいだろう。

正直なところ、早くこの場を離れたい。

狭霧だけでも厄介なのに、ユーゴが加わればもうワケがわからない。想定外なことばかりで、翻弄《ほんろう》される一方になってしまいそうだ。

ユーゴは、なにを考えている？

隆世をからかっているのか……狭霧が素っ気ないので、当てつけのために自分に構っている可能性もあるか？

理由はどうであれ、迷惑だ。

「では……失礼します」

そっと声をかけると、そそくさと踵を返そうとする。身体を捻ったところで、ユーゴの腕が首元に絡んできて引き留められた。

「またね、リュウ」

耳元で囁《ささや》かれたかと思えば、頬に……キスだとっ？

ギョッとした隆世は、目を瞠《みは》って身を引いた。さすがに今度は、遠慮なくユーゴの手を振り払ってしまう。

「……ッ！」

「ユーゴッ！　悪趣味なからかい方をするな」

非難の声を上げたのは、今度も狭霧だ。

隆世を庇《かば》ってくれているのか、ユーゴがこうして自分に構うのが面白くないだけなのかは、わからない。

無意識に深く眉間に皺を刻み、大股で玄関へ向かった。

自分がいなくなった後、あの二人がなにをどうしようと関係ない。巻き込まれなければ、それでいい。

「ッ、フランス人に妙な偏見を抱《いだ》きそうだ」

ユーゴの唇が掠めた頬を、手の甲でゴシゴシと擦りながら小声でぼやいた。

大和撫子だと？

自分も、理想とするのは『大和撫子』だとマキシムに語ったので、他人に文句を言うことはできないが……。

ジャパニーズビューティーが好きだ、と言い放った顔を思い浮かべる。

自分の知る絶滅危惧な『大和撫子』は、間違いなくユーゴの好みのど真ん中だろう。どんなことがあっても、『彼』とユーゴが遭遇しないようにしなければ。

「っでも、大和撫子が好きで……レイとつき合ってたのか？　まぁ、名前だけは純和風だけど中身はキッツイよな。……好みと実際のつき合いは、別か」
ふと浮かんだ疑問に首を捻りながら、エレベーターが上がってくるのを待った。

《四》

「リュウ。おかわり！」

「……はい」

どうして、自分はこの人に飯を食わせているのだろう。

そんな疑問を顔に出さないように努めながら、差し出された茶碗《ちゃわん》に米を盛る。どうぞと返した茶碗を受け取ったユーゴは、器用に箸《はし》を使って白米の上に沢庵《たくあん》を載せた。

白米と共に掻き込み、ポリポリ……いい音が聞こえてくる。

「沢庵、好きなんですか？」

「千枚漬けも好きだよ。お漬物、美味しいよねぇ。あ、でもアレだけは無理だ。梅干し……と、納豆」

「はぁ……日本人でも、そのあたりが苦手な人は結構いますしね」

隆世の言葉に、ユーゴは「だろう？」としたり顔でうなずき、味噌汁《みそしる》の椀《わん》を口に運んだ。味噌汁と、鯵《あじ》の味醂《みりん》干しはいいのか。

上機嫌で食事をしているユーゴの隣で、狭霧はムスッとした表情だ。一言も言葉を発することなく、黙々と食べ続けている。

共に食事をとっている隆世は、色んな理由で箸の動きが鈍くなってしまう。

「僕がブランチをとる時間を狙《ねら》って三日連続で押しかけてくるなんて、ものすごく暇なのか？　日本に来たのは仕事だと言っていたが、のん気に旅行をしているようなものだろう。それで先生と呼ばれて謝礼を得られるとは、いい商売だな」

ジロリと横目で見遣って嫌味を口にした狭霧に、ユーゴは平然とした顔で煎茶《せんちゃ》の入ったティーカップを手にする。

「暇じゃない。午前中……レイが寝ているあいだに一仕事終えてきたし、午後からはマキシムの大学の講義にゲスト出演だ。夜は……時間があるから、またお邪魔するよ。リュウ、私の夕食もよろしく。コロッケが食べたい」

「いい加減にしろっ！　隆世、ユーゴのリクエストなんて聞かなくていいからな。今夜はジンジャーポークだと決めているんだ」

……今日の夕食メニューは、生姜《しょうが》焼きか。初耳だ。

隆世をそっちのけで言い合う二人は、傍からはコミュニケーションを図っているだけのようにも見える。口を挟む隙がない。

「関係者に言えば、ミシュランの三ツ星レストランに連れて行ってもらえるだろう。そこで好きなものを食せばいい。ここに押しかけてくるな」

「リュウのご飯が気に入ったんだ。……そうだ。ホテルを引き払って、ここにお邪魔しようかな。どうして、こんな簡単なことを今まで思いつかなかったんだろう。そうしたら、ご飯もおやつもリュウのものを口にできる」

名案を思いついた！　とばかりに手を打ち、嬉々《きき》として語ったユーゴに、さすがの狭霧も絶句したようだ。

咄嗟に言葉も出ないのか、目を丸くしている。

同じく啞然としている隆世と目を合わせた直後、ようやく我に返ったらしく隣にいるユーゴのシャツの襟元《えりもと》を摑んだ。

「家主に可否も聞かず、押しかけ宣言か。笑えない冗談だな」

「笑えない？　それは幸い。私は本気だから、笑われる理由がない。ここは三ＬＤＫ？　どうせ、寝室以外は使っていないだろうから、荷物置き場にするくらいなら私を置いても問題ないのでは？」

ケロリとした顔で言い返したユーゴに、狭霧はスッと目を細める。どう切り返すかと思って見ていると、

「荷物置き場はあっても、粗大ゴミを置くスペースはない」

そう、恐ろしく冷たい声で口にした。

粗大ゴミ……。

元の顔が、血の通っていないビスクドールのように綺麗なだけに、背筋がゾッとするほどの気迫が滲み出ている。

自分が言われたわけではない隆世が息を呑んだのに、肝が据《す》わっているのか鈍感なのか、ユーゴは平然としていた。

「ずいぶんな暴言だ。リュウも、そう思わないか？」

「……はぁ」

なにも考えることなく、つい同意を示してしまった。しまったと思った直後、ギロリと狭霧に睨みつけられる。

「誰か……遠慮しなければならない人がいるとか、不都合があるのか？」

ユーゴは襟元を摑んでいる狭霧の手を握り、唇に意味深な笑みを滲ませた。

暗に、恋人がいるのかと尋ねているのだろう。ストレートな物言いをする外国人には珍しく、回りくどい言葉だ。

「ない」

「あの癖は……治っていないんだろう？　日本で、どうやってたんだ？　もしかして、リュウか？」

あの癖？

ユーゴの言葉に、狭霧はグッと眉間に皺を刻んだ。ユーゴの手を振り払い、無表情で言い返す。

「隆世は寝室に入れたこともない。……日本には、デリバリーヘルスというシステムがある。電話で依頼したら、誰かが派遣されてくるんだ」

狭霧の口から出た『デリバリーヘルス』という俗っぽい言葉に、隆世はギョッとしてわずかに目を瞠った。

ふーん？　と鼻を鳴らしたユーゴは、ますます笑みを深める。完全に面白がっている様子だ。

「……それはそれは、ってレイ……そのシステム、本来あるべき正しい使い方をしているのか？　フランスのアレと同じ？」

「正しい？　フランスのアレとはなんだ。対価を支払うからには、どのようにしようが僕の勝手だろう？」

「それは確かに。レイよりは、私のほうが詳しいと思うけど……。フランスのシステムと同じだろうが、まぁ……レイには無縁のモノか。ということは、……ふふ、相手はさぞ困惑しているだろうな」

独り言の響きでつぶやいたユーゴは、心底楽しそうな顔だ。チラリと横目で隆世を見遣り、視線が絡む。

隆世は慌てて目を逸らしてポーカーフェイスを装うと、手元に視線を落とした。

デリバリーヘルス、か。

薄々予想はついていたことだが、本人の口から悪びれる様子もなく聞かされると、なんとも形容し難い気分になる。

不特定多数の男女を呼び、金銭で割り切った一時の快楽を得る……。

需要があるから供給が成り立つのであって、それらの仕事に就く人や利用者を批判する気はない。

法に触れているわけでもないし、既婚者が利用するのはどうかと思うが狭霧の場合は問題ないだろう。

なのに……胸の奥から、煤《すす》けた不快感が湧き上がる。

「おおっと、そろそろ行かなきゃ遅刻だ。今日中にホテルをチェックアウトして、荷物を移動させる。残りの滞在日数は一週間ほどだけど、よろしくレイ。リュウ、夕食はコロッケだからな」

スツールを立ったユーゴは、腕時計に視線を落とすと一方的にそう言い放った。狭霧は、当然突っぱねると思ったのだが……苦虫を噛み潰《つぶ》したような表情ながら、拒絶の言葉は口にしない。

慌ただしくユーゴが出て行くと、ふっと息をついて途中だったブランチの続きに取りかかる。

「……あの人、本当に押しかけてきそうだな」

隆世がそう水を向けると、箸の動きを止めて顔を上げた。間に挟んでいたユーゴがいなくなったことで、一人分の隙間越しに目が合う。

「あの感じだと、本気だな。夜には、スーツケース持参でやって来る」

「って、言われるままホームステイさせる気？」

意外なことに、ユーゴを受け入れるつもりらしい。

驚きを滲ませた声で聞き返した隆世に、狭霧は眉を顰めたまま言葉を続ける。

「不本意だが、追い払う気力と体力がない。どんなに迷惑がろうが、最終的には自分のペースに巻き込むんだ。無駄な労力を使うより、最初からあきらめるほうが楽だ。まぁ……友人としては、悪い人間じゃない」

学生時代からのつき合いだと言っていたが、長く接してユーゴがどんな人間か理解しているからこその言葉だろう。

「友人としては……か。まぁ、家主のあんたがいいのなら、俺は口を挟みません。ただ、もしかしてユーゴの飯も俺が？」

この数日は、自分も含めて三人分のブランチを用意している。さっきの様子だと、夕食も二人分必要になるだろう。

ただ、もし本当にユーゴがここに押しかけてくるのなら、彼の朝食を準備しなくてはならないのか？

　隆世の雇い主は狭霧だし、ユーゴの面倒まで見てやる義理はないのだが、そのあたりの自分の役割はハッキリさせておくべきだ。

「ああ……そうか」

　難しい表情をした狭霧は、なにやら思案している。

　かすかに唇を動かし、隆世が聞き取ることもできない音量で独り言を零していたかと思えば、大きく肩を上下させた。

「来なくていい」

「はい？」

「ユーゴが帰国するまで、休暇だ」

　これは……考えることが面倒になったに違いない。

　自分が、面倒になった際、真っ先に切り捨てるモノに含まれているのかと思えば、不快感を抑え切れなかった。

　一方的に「来るな」というのはあまりにも勝手だし、なによりこの人は『雑用係』がいなくて大丈夫なのか？

「でも、そのあいだどうするんだ？　昨日、どこだかの出版社が翻訳の資料を持ってくるか……取りに来てほしいって電話してきたよな？　あと、図書館に入荷リクエストをしていた本の引き取りと……」

「ッ……一度に言うなっ」

アレとコレと、と指を折りながら口にする隆世に、引き攣った顔をする。間違いなく、狭霧自身は把握していなかったのだ。電話対応を含む雑用を、ここしばらく隆世に丸投げしていたのだから。

明日から自分が来なくなければ、悲惨な状態になるに違いないと想像がつく。それなのに、狭霧は意地になったかのように首を左右に振った。

「大丈夫だっ。君がいなくても、なんとかなる」

「そうは思えませんケド。雑用だけでなく、食事は？　ユーゴと二人で、ジュースと紅茶と、鳥の餌を食うのか？」

意地を張っているとしか思えない狭霧に、つい嫌味な言い回しをしてしまった。案の定、ギリギリと睨みつけてくる。

「……鳥の餌ではないと言ったはずだ。宅配デリとか、インスタントとか……便利なものがいろいろある」

「あんたはそれでいいでしょうが、ユーゴは納得しますかね」

「文句があるなら食わなければいい」

「と、俺に言われましても」

白い頬を紅潮させて、淡い色の瞳で睨みつけてくる狭霧は……この場面に不釣り合いな表現だと思うが、思わず息を呑むほど綺麗だった。

人形のようなツンと取り澄ました顔より、人間味に溢《あふ》れていて魅力的だ。

自然とそう思い浮かんだことに、隆世自身が一番驚いた。

ピピッとセットしておいたスマートフォンのアラームが鳴り、ハッと我に返る。

「……それについては、ひとまず保留だな。時間なので、図書館に行ってきます。レイは、ゆっくり食事の続きをどうぞ。使い終えた食器はシンクへ」

隆世は昼食の途中だったが、食欲が失《う》せてしまった。用事を済ませて戻ってきてから、続きを食することにしよう。

ラップをかけた茶碗や皿を冷蔵庫に収めて、これも後回しだと、ユーゴが残していった使用済みの食器をシンクに置く。

狭霧は、不満そうな顔で箸を口に運んでいた。どれだけ機嫌を損ねても、食べ物に当たらないことに関しては好感が持てる。

肩を落として、ユーゴより不器用に箸を使う姿は……叱られて拗《す》ねた子供みたいで、なんとなく憐《あわ》れをそそる。

出かける準備をして狭霧の背後を通り抜けようとした隆世は、ふっと吐息をついて足を止めた。

「出かけついでだから、ティータイム用に茶菓子を買ってきますよ。食いたいものの希望があれば聞くけど？」

機嫌を取ろうと意識したわけではないけれど、ついそんな言葉をかけてしまう。

ピクッと小さく肩を揺らした狭霧は、隆世を振り返ることなくポツリと答えた。

「この前の……タルト。ユーゴが褒めてた、抹茶のヤツ」

「ああ……わかりました」

ユーゴに横取りされて、食べそびれてしまったと……実は密《ひそ》かに、根に持っていたのだろうか。

そう思えば、自然と頬が緩んでしまう。笑ってはダメだと思っても、抑えられない。

狭霧がこちらを見ていなくて、幸いだった。

「じゃあ、行ってくる」

笑っていることが声に出てしまわないよう、気をつけて短く言い残す。

早足で玄関に向かった隆世は、素早く靴を引っかけて廊下に出た。分厚い扉が閉まったところで我慢の限界が来て、両膝に手を着く。

「ッ……なんなんだ、あの人。すげ……子供っ」

腰を折って独り言を零しながら、肩を揺らして笑ってしまった。

印象がコロコロと変わる。

面倒な人だとばかり思っていたけれど、このあたりも含めて面白い。

マキシムの言った、『知れば知るほど、興味深くてカワイイ人だ』という人物評も、今では理解できなくもない。

まぁ、アレを手放しでカワイイとは……やはり言えそうにないが。

ひとしきり笑った隆世は、「はー」と深呼吸をして腰を伸ばす。

こうして笑ったことを狭霧本人に知られたら、盛大に拗ねられるに違いない。

「あー……久しぶりに手放しで笑ったなぁ」

両手を頭上に伸ばした隆世は、妙にすっきりとした気分でエレベーターホールへと向かった。

□　□　□

少し遠回りになるけれど、狭霧《さぎり》にリクエストされたタルトを土産《みやげ》に購入するため、図書館帰りに『Pommes《ポム》』へと立ち寄った。

ガラス扉を開いて店内に入ると同時に、その場で足を止めた。ガラスケースの前に立っているのが誰なのか、その後ろ姿だけでわかってしまう……。

顔を合わせる覚悟は、まだできていない。唇を噛《か》んだ隆世《りゅうせい》が反射的に回れ右して店を出ようとしたところで、その人が振り向いた。

「……隆くん」

目が合い、名前を呼ばれてしまったからには、露骨に避けるようなみっともない真似《まね》はできなくなった。

足の裏に力を入れて踏み止まり、無理やり笑みを浮かべる。

「なんか……久し振りだな、佑真《ゆうま》。今日は保育所、休み？」

保育士の佑真は、二十四時間子供を受け入れている保育施設で働いている。週末夜間問わずのシフト制なので、休日は不規則だ。

平日の日中という時間に、示し合わせたわけでもないのにここで鉢合わせてしまうとは思わなかった。

逢《あ》いたいと願っている時にはこんな幸運が訪れたりしないのに、しばらく逢わずにいたいと逃げ腰になっている時に限ってこうしてバッタリ顔を合わせてしまうとは、ずいぶんと皮肉だ。

あれ以来、初めて顔を合わせるということもあり……佑真もどこかぎこちない笑みを向けてくる。

「夜勤明けなんだ。隆くんは……大学、入学式ってまだだっけ？」

「うん。今は、バイト中。……家に帰る前に、ランチ？　には、ちょっと遅いか」

沈黙が怖い。話の流れで立ち寄った理由を尋ねると、視線を泳がせた佑真は躊躇《ためら》いがちに口を開いた。

「待ち合わせ……」

聞かなければよかった。誰と、とは問うまでもない。

佑真も、その『待ち合わせ』相手も、ここでアルバイトをしていたことがある。アルバイトを辞めてからも那智《なち》と親しくしており、時々こうして店にやって来るとは知っていたけれど、よりによって今日……今でなくてもいいだろうと恨みがましい気分になる。

ギクシャクとした沈黙が漂う。どうして、学生アルバイトだけでなく那智の姿も見えないのだろう。

逃げてしまおうかと弱気になりかけたところで、厨房《ちゅうぼう》から那智が出てきた。

「お待たせ、佑真くん。話の途中で外してごめんね。アップルパイ、危うく焦げる寸前だった……あれっ、隆くん。またお使い？」

どうやら、オーブンに呼ばれて厨房へと引っ込んでいたらしい。佑真の脇《わき》に立つ隆世の姿に目を留めて、首を傾《かし》げる。

那智の登場にホッとした隆世は、「うん」とうなずいてタルトが並ぶガラスケースの前へ歩を進めた。

「抹茶のムース、まだある？」

「あるよ。レイさん、気に入ってくれたんだ？」

「……ん。あと、佐藤錦のタルトと……清見オレンジのチーズケーキ」

狭霧の口には入っていないけれど、説明しようとしたら長くなるのでうなずいておく。抹茶ムースを気に入ったのはユーゴだが、狭霧も苺《いちご》タルトを満足そうに食べていた。

ついでに、前回買って帰ったものとは違う種類のタルトを選び、財布を取り出した。

狭霧からの食費ではなく、自分の小遣いから出そう。狭霧は与《あずか》り知らないところでだが、笑ってしまったことの罪滅ぼしだ。

「ちょっと待ってね。今、ちょうどアルバイトさんのシフトの狭間なんだ」

那智が一人で、タルト類の製作に接客、カフェスペースの片づけまでしなくてはならないらしい。

「いいよ。レジだけ打ってくれたら、俺が箱詰めする」

「大丈夫。佑真くんと話してて。久し振りでしょう？」

その、佑真と顔を合わせているのが気まずいから、自分で包装すると申し出たのだけれど……正直に言えるわけがない。

「……ん」

子供の頃から佑真が大好きと公言して、懐いていることを知っているが故の那智の気遣いに、曖昧《あいまい》な仕草でうなずくしかできなかった。

「はい、お釣り。お買い上げ、ありがとうございます」

手渡されたお釣りを財布に仕舞いこむと、覚悟を決めて佑真に向き直った。

背格好が狭霧と同じくらいだと、初めて気がついた。ただ、纏《まと》っている雰囲気や言葉から受ける印象は、まるで違う。

自分とは正反対だ、と。『大和撫子《やまとなでしこ》』なんか嫌いだと、子供じみた調子で言い放った狭霧の顔が思い浮かぶ。あの時は可愛《かわい》げがないと眉《まゆ》を顰《ひそ》めたけれど、今思い起こすと、どことなく頼りなげな雰囲気だったように思うのはなぜだろう。

こうして佑真を前にして、狭霧のことを考えている自分もよくわからない。

「アルバイト、してるんだ？」

沈黙が気まずかったのか、佑真から話しかけてきた。うなずいた隆世は、ポツポツと言葉を返す。

「フランス語、習ってる大学教授の紹介で……雑用として、容赦なくこき使われてる」

「水沢《みずさわ》さんのタルトの買い出しも、その人のお使い？」

「うん」

「甘いものが好きな、偉《えら》い人？　かぁ。なんだか可愛いね」

大学教授の紹介という言い方をしたせいか、佑真がどんな人物を思い浮かべているのかだいたいの想像がつく。

初老の男性、気難しい顔の……『偉い人』といったあたりだろうか。まさか、二十代半ばの見た目だけ極上の麗人だとは、考えもしないだろう。

「偉い人かもしれないけど、可愛くない。キレーなのは外見だけで、油断したらえらい目に遭う。あれは、ギャップがどうとかって問題じゃない。捻《ひね》くれてるし、無遠慮だし、二十の半ばのくせに中身は小学校低学年並みだ」

勢いで、余計なことまで言い放ってしまった。

慌てて口を噤《つぐ》んだ隆世に、佑真は目を丸くしていたけれど……そっと言葉を返してくる。

「若い人なんだ？　でも、そんなふうに言いながら……その人が好きそうなもの、選ぶんだね」

「……気に入ったみたいだから。那智のタルトとかクッキー、好きだと言ってもらえるのは嬉《うれ》しいし」

どうして、言い訳じみたことを口にしているのだろう。それも、佑真に向かって狭霧のことを語るなど変な気分だ。

なにより、こうして佑真を前にしても、覚悟していたほど苦しくないのが不思議だった。

今でも、佑真は好きで……こんなふうに向き合って話していると、ホッとする。でも、不思議と胸の内は凪《な》いでいた。

深く息をついた隆世は、落ち着きを取り戻してボソッと口にする。

「バイト代は破格だけど、楽な労働なんてないって身を以《もっ》て知らされてるよ」

そうか。

狭霧のところで繁雑な毎日を送っていることで、感傷に浸る余裕がなかったことも要因だろう。

あの人に振り回されている……とは、情けないから考えたくないが。

「でも、アルバイトは楽しそうだ。……よかった」

どこかホッとしたような表情に、こんなふうに接することに対して、もしかすると佑真は自分より緊張していたのではないかと察する。

気を遣わせてしまう自分が、もどかしい。

隆世が口を開こうとしたところで、佑真が口調を軽いものにして言葉を続けた。

「いつも思ってることだけどっ、隆くんは、いろいろ経験して……たくさんのことを吸収して、すごく格好いい大人になるね」

「ありがと。秀一《しゅういち》よりいい男になる？」

「……かも」

隆世が笑って『秀一』の名前を出したせいか、それまでどこか硬い表情だった佑真の顔にも笑みが滲《にじ》む。

こうして笑えること、自然と『秀一』の名前を口にできた自分に安堵《あんど》した。

佑真の前に立てば、もっとチクチクと胸の奥が痛むと思っていた。『秀一』の名前など、思い浮かべるのも苦痛だと……そのはずだったのに、どうしてだろう。失恋の痛みは時間が癒《いや》してくれるというけれど、まださほど時間が経《た》ったわけではない。

会話が途切れたところで、タイミングよく外から扉が開かれる。

出入り口に背中を向けている隆世には入ってきた人物の姿は見えなかったけれど、扉に視線を移した佑真の表情で訪問者の正体を察することができた。

待ち人がやって来たようだ。

「悪い。遅くなった。店長、お久しぶりです。午後から半休だって朝から予告してたのに、昼前になって新入りが面倒なことをやらかして……」

「大丈夫。おれも『バンビ』を出るのが遅くなったから、そんなに待ってないし。水沢さんや隆くんと、話してたから」

スッと息を吸い込んで、相変わらずの落ち着きを漂わせた低い声で佑真と話している人物を振り返る。

武川《たけかわ》秀一。

佑真もだが、この人も初めて逢った頃から印象が変わらない。経過した年数の分だけ落ち着きが増していると思うけれど、相変わらず硬い空気を纏っていた。硬派な日本男児、という表現がこれほどピッタリな人間を他に知らない。彼も、昨今の日本では絶滅危惧《きぐ》と呼ばれる存在に違いない。

父親と似ているようで、少し種類の異なる迫力を感じる。どこかガキ大将といった気質のあるアチラとは違い、秀一は文句なしに『大人の男』だ。

入り口を入ってすぐのところに立っている秀一は、隆世と目が合うとほんの少し唇の端を吊《つ》り上げた。

「久しぶりだな、隆世。またデカくなったか？　さすが十代」

この人にも、幼稚園児の頃から知られている。露骨に子供扱いされるのは腹立たしいが、三十にもなるそちらとは違って自分にはまだ伸び代がある若者であることをアピールしてやろうと、プラスに捉《とら》えることにした。

「……まだ伸びるよ。秀一を追い抜くのも、遠くない」

「そうなっても不思議じゃない感じだな」

「佑真からも、秀一よりいい男になる……かもって、お墨付きをもらったし」

「へぇ？　かも、だろ。未来予想図から『予想』が取れてから、改めて判断を仰げ」

気負いを一切感じさせない言葉で、睨《にら》みつけて突っかかる隆世を軽く受け流す。

この余裕が、いつも隆世をイライラさせるのだ。いろんな意味で、この人には敵《かな》わないのだと……突きつけられている気分になる。

あのカフェでのやり取りを、佑真から聞いているだろうか。

こっそり佑真の顔を窺《うかが》ったけれど、いつもと変わらず、仕方なさそうな微笑を浮かべて言葉の応酬をする隆世と秀一を傍観している。

その表情からは、秀一と隆世のやり取りになにを思っているのか読み取ることはできなかった。

佑真は、絶対に告げ口のようなことをしない。でも、秀一に問い質《ただ》されたら嘘《うそ》をつくこともしないはずだ。

話しているとしたら、なにをどこまで……どのように？

わからないので、下手《へた》なことを言えなかった。藪《やぶ》をつついて蛇を出せば、自ら傷口を広げるはめになる。

佑真は基本的に物静かだし、秀一は口数が多くない。どちらも積極的に口を開こうとしないので、隆世が口を噤むと沈黙が漂う。

「お待たせ、隆くん。一応、保冷剤も入れてあるから。あと、おまけもね」

どことなく重い空気を、那智の声が吹き飛ばしてくれた。差し伸べられた救いの手にホッとした隆世は、大股《おおまた》でレジカウンターに歩み寄る。

「あ……ありがと。この前のクッキー、すごく気に入ってたみたいだから喜ぶと思う」

狭霧は、那智がおまけしてくれたクッキーをきっちり三日に分けて、ティータイムにポリポリと齧《かじ》っていた。

まるで、木の実を齧るリスのようで……ああして大人《おとな》しくしていれば、『カワイイ』と言えなくもない。

「今日は、大きめのタルト台をオーブンから出す時に割っちゃったから、それを入れておいた。あと、試作のコンフィチュールとクロワッサンも。本場の味を知っている人に食べてもらうのは、ドキドキするね」

「心配しなくても、レイは那智のレシピを気に入ってるから大丈夫。この前なんか、親切のつもりでフレンチトーストにメープルシロップをかけたら『余計なことをするな』って怒られた。そのままの味が一番だってさ」

「……隆くんを怒る人、か。ますます興味深いな。よろしく伝えておいて」

「うん」

那智の手から紙袋を受け取った隆世は、佑真に「じゃあ」と声をかけて背中を向けた。秀一には無言のまま、なおざりな仕草で手を振る。

少し前まで、二人が一緒にいるところを目にしたら……息苦しくてたまらなかった。無邪気な子供を装って、何度もあいだに割って入った。

こうして『〜だった』と過去形で考えられる理由は、キレイにフラれたせいだろうか。

扉を開けて歩道に一歩踏み出すと、春の匂《にお》いをたっぷりと含んだ風が強く吹き抜けて隆世の髪を乱す。

風になりたいと思ったこともあった。嵐になってやろうと。でも、闇雲《やみくも》に吹き荒れる嵐ではなく、季節を運ぶ風というものも悪くないか。

そんなふうに思いながら、自分の帰宅を待っているであろう人のティータイムに間に合わせるべく、足早に駅を目指した。

《五》

駅からの道中に立ち寄ったスーパーマーケットの袋が、ガサガサと音を立てる。慣れた手順で鍵《かぎ》を開けて玄関に入った隆世は、オブジェのように同じ位置にある狭霧のものに並ぶ大きな靴に目を留めた。

昼前に自分がここに来た時には出かけていたユーゴだが、既にお帰りになっているらしい。シューズを脱いで廊下に上がったところで、玄関扉の開閉する物音が聞こえていたのかユーゴがリビングから顔を覗かせる。

「お帰り、リュウ。おやつ、私のもある？」

「……マフィンでよければ」

「上等！　今日は私が紅茶を淹《い》れよう。もちろん、リュウの分もね」

笑ってそう口すると、覗《のぞ》かせていた顔を引っ込める。キッチンへ移動したようだ。ティーカップやポットを用意する様子が伝わってくる。

ユーゴは、ものぐさな狭霧とは違ってフットワークが軽い。この手のタイプは、さぞモテるだろうと容易に想像がつく。

バッグと上着をソファの背にかけた隆世は、生ものを冷蔵庫に収めるため、ユーゴが立ち動くキッチンへ入った。

食材を冷蔵庫に入れて扉を閉めたところで、ズシッと背中に重みが圧《の》し掛かってくる。

「……ユーゴ、重いんですが」

ユーゴは、気軽にスキンシップを図ってくる。黙っていれば近寄り難いほど美形なのだが、人懐っこい言動のせいでその印象は薄い。

初めは戸惑っていた隆世だが、今はこうしてため息一つで受け止めてしまう。慣れと言うのは恐ろしい。

「まぁまぁ。今日の夜ご飯、なに？　夕食は学会関係者に誘われているけど、帰って夜食にいただくから、私の分も用意しておいて」

隆世の苦情を軽く流しておいて、無邪気に尋ねてきた。

隆世は、冷蔵する必要のないジャガイモをユーゴに示しながら検討中の夕食メニューを口にする。

「ポトフ……もしくは、おでん。レイの希望を聞いて、どちらかになる」

材料は似たようなものなのだ。どちらも不満なら、カレーかシチューに変更することもできる。

狭霧次第だと答えた隆世に、ユーゴは「えー？」と不満そうな声を上げた。

「私の希望は聞いてくれない？」

「昨日は、ユーゴの要望通りに鶏の照り焼きだった。今日はレイのクリエストに応《こた》えないと、拗《す》ねられる。文句を言われるのは俺です」

「……仕方ない。私も、レイに睨まれながら食事をとるのは嫌だからな。せっかくの美味《おい》しいご飯が、味気ないものになる」

ユーゴの言葉に、そうか……、と心の中でつぶやいた。

隆世は夕食の準備を整えて十八時に帰宅するので、その後の二人がどのように過ごしているのかは知りようがない。

ユーゴは仕事関係者と夕食を共にすることもあるようだが、それ以外は狭霧と食事をしているのか。

まめなユーゴが、一度カウンタースツールに腰を下ろせば動こうとしない狭霧に、かいがいしく給仕をしているのかもしれない。

狭霧のことだから、きっと当然のような顔で甘えて……と容易に想像がつく二人の様子に、無意識に眉根が寄る。

「あ、お湯が沸いた。レイを呼んできて」

背後から圧し掛かっているユーゴに、今の隆世の顔は見えないはずだ。耳元で聞こえた声にハッとして眉間の皺《しわ》を解き、ユーゴの腕を軽く叩《たた》く。

「わかった。けど、離れてくれないと動けない」

「うん。仕方ない」

なにが仕方ないのか、ユーゴは笑み混じり声でそう言い残して身体《からだ》を離す。背中が軽くなり、大きく息をついた。

狭霧に声をかけるためキッチンを出て行きかけて、ふと足を止める。

「あ、マフィンはそこの紙袋の中。温めるなら、まずはレンジで一分半、そのあとオーブンで……」

「大丈夫。任せておいて」

確かに、もの知らずな狭霧とは違ってユーゴなら任せても大丈夫だろう。事細かく口にしてしまったけれど、オーブンレンジを壊す心配も無用だ。

　年上の人に、偉そうに『マフィンの温め方』を指示した自分が少し恥ずかしい。

「リュウ？　紅茶が冷めちゃうよ」

自己嫌悪を感じて唇を噛む隆世に、ユーゴはチラリとも不快感を覗かせることなく笑いかけてきた。

「あ……すぐ呼んでくる」

慌ててうなずいて、狭霧の私室へ向かう。

傍迷惑《はためいわく》なほどマイペースで、厄介《やっかい》なところのある人で……得体の知れない部分も多々あるけれど、ユーゴはいい人だ。

狭霧が、『友人としては悪くない』と少しばかり捻くれた言い回しながら認めていたのも、今では理解できる。

過去、あの二人がどんな関係にあったのか……現在は本当にただの友人なのか、わざわざ尋ねる気はない。でも、ユーゴがここに来てから、廊下で『デリバリーヘルス』らしき人物とすれ違ったことは一度もない。

もしかして、ユーゴの存在があるから……用が足りているから、派遣を要請する必要がないのだろうか。

自分は未《いま》だに、狭霧の私室のドアノブに手を触れさせたこともないけれど、ユーゴは入室を許されている。

自分だけ蚊帳《かや》の外に出されているみたいで、面白くないなどと思うのは子供じみた感情だろう。

どうせ、雑用のアルバイト期間が終われば関係のなくなる人だ。その後は、逢うこともない。

明確な期日は切られていないが、当初の予定である半月程度なら残り日数も多くない。

間もなく無関係になると思っていながら、自分を拒むように常にピッタリと閉じられているドアの前に立つと、胸の内側がモヤモヤする。

「……レイ、お茶の時間だ」

ドアの下部を軽く蹴《け》りながら、声をかける。ノック代わりにドアを蹴ることが、すっかり習慣になってしまった。自宅や他の場所でうっかりドアを蹴らないよう、気をつけなければならない。

十秒……二十秒。

しばらく待っても、狭霧は姿を見せない。

もう一度ドアを蹴るかと右足に力を込めたところで、ユーゴが廊下の向こうから声をかけてきた。

「リュウ、レイは出てきた？」

「いや、物音一つしない。寝てるんじゃないだろうな」

一日の大半を過ごしている狭霧のプライベート空間がどんなところか、覗いたことのない隆世は知らない。

仕事をするためのデスクやパソコン、書棚だけでなく、きっとベッドもあるはず……と想像するのみだ。

隆世の返事に苦笑したユーゴは、大股で廊下を歩いてきて隆世と同じように閉じたドアを眺めた。

「レイ！　チョコチップマフィン、私が全部食べちゃうよ」

まさか、そんなことで出てこないだろう……と苦笑いを浮かべた隆世に反して、ユーゴは大真面目《おおまじめ》だ。

「マフィンでも出てこないか。……日本書紀に、似たような話があったね。天岩戸《あまのいわと》……だっけ」

「俺は遠慮するけど、ユーゴが踊れば出てくるかもよ」

道化になるのはごめんだと頬《ほお》を引き攣《つ》らせる。見るからに嫌な顔になっていたのか、ユーゴは「私もダンスは不得手だ」と小さく笑った。

「没頭して、耳に入っていないのかも。せっかくの紅茶や温めたマフィンが冷めると残念なことになるし、このあたりで休憩しないとエネルギー切れでダウンするな。よし、引きずり出そう」

自分の言葉に大きくうなずき、躊躇う様子もなくドアノブに手を伸ばした。「あ」と口を開いた隆世の前で当然のように扉を開けて、狭霧の部屋へ踏み込む。

ドアの隙間《すきま》から中を覗くのは簡単だったけれど、隆世は唇を引き結んで目を背けた。狭霧から激しい拒絶を受けているせいで、意地になっているという自覚はある。

自分が許されないことを、目の前であっさりとやってのけたユーゴに……悔しいなどと思うものか。

「レーイ！　おやつだよ。アールグレイと、ほかほかのチョコチップマフィン」

「んー……マフィン、どこの？」

「残念ながら、リュウの手作りじゃないし『Pommes』のパッケージでもなかったけど、おいしそうだ。ほら、立って」

「っ、待て！　隆世がいるんだろ？　この格好じゃ……」

二人の会話を耳に入れながら、踵《きびす》を返した。隆世の名前を出したユーゴに、狭霧は明らかに声を揺らがせたのだ。

それまでは、無防備な雰囲気で話していたのに……自分がいれば、気を抜くことができないのか。自室でどのような格好をしているのかなど知らないが、ユーゴの目に触れさせるのはよくて隆世だとダメらしい。

「チッ、んだよ……これ」

イライラする自分は、誰に対して……なにが理由で、不快感を覚えているのだろう。

なにもかも説明がつかないのが、一番気持ち悪い。

「リュウ、レイが明日のブランチはリュウのお手製パンケーキがいいって」

「僕のせいにするなっ。ユーゴが食べたいだけだろ。僕は、冷凍されている市販品でも充分なんだ」

リビングテーブルにティーセットを整えたところで、二人が姿を現した。

室内でどんな格好をしていたのか、狭霧は特に変わったところのない装いだ。肘《ひじ》の下までロールアップした長袖《ながそで》シャツと、ゆったりとしたパンツを身に着けている。ブランチの席で目にしたものと変わらない。

あまりにも頑《かたく》なに拒まれ続けると、ユーゴの語った『天岩戸』より、あの昔話が頭に浮かぶ。

絶対に覗くなと言い置いて、部屋に引き籠《こも》るといえば……『鶴《つる》の恩返し』だ。

狭霧の私室から奇妙な物音が聞こえてくるわけではないし、返される予定の恩などもないけれど、状況的にはアレに近いだろう。

「素直じゃないねぇ。あのパンケーキ、リュウの母上……『Pommes』のレシピだろう？　今度、本家の出来立てパンケーキも食べてみたいなぁって言ってたくせに。リュウにおねだりしたら、連れて行ってくれるだろうに」

「……うるさいっ。隆世に付き添ってもらわないと、出かけられないわけじゃない」

「ふーん？　日本の電車の乗り方、知ってる？」

「フランスだろうと日本だろうと、大差はない。日本で……一人で外出したことくらい、何度もある」

「偉いじゃないか」

ユーゴは、そう笑いながら狭霧の肩を抱いた。

狭霧は不機嫌そうな顔でユーゴの腕を払い除けたけれど、隆世に対するようなピリピリと

した空気を纏っていない。

自分をネタに、コミュニケーションを取っているだけではないか？　と、ますます胸に生じたモヤモヤが大きくなる。

「リュウ、レイは意地を張ってこう言ってるケド……デートがてら、『Pommes』に連れて行ってあげたら？」

突如そうして水を向けられた隆世は、反射的にギュッと眉間に皺を刻んだ。視界の端に映る狭霧が、瞬時に表情を消すのが見て取れた。

「デートって、変な言い方するな。隆世と出かけたいとか、思わない」

ユーゴと話していた時は、笑ったり怒ったり……様々な顔を見せていたクセに。ユーゴが隆世の名前を出した途端、可愛げのない態度になるのか。

「本人が乗り気じゃないのを、無理に連れ出す気はない。……タルトとか作ってるの、母親じゃないし」

「あれ？　違うの？　私はレイからそう聞いたけど。あんなに美味しいお菓子作る女性は、フランスにもそうそういない。レイも、直接逢ってお礼を言いたいよねぇ？」

どうやら、自分がいないところで『Pommes』が話題に上ったらしい。本場の焼き菓子をよく知っているだろう二人が、那智の作るタルトを気に入ってくれたのは、身内としては嬉しい限りだ。

狭霧に視線を向けると、先ほどと同じ不機嫌そうな表情のままだ。この狭霧が、どんな顔でユーゴと『Pommes』の話をしたのか想像もつかない。

誰に対してもツンケンしているのだろう思っていたら、ユーゴには笑顔も見せる。隆世が目にするのは、不機嫌そうな顔か人形のような無表情で……満面の笑みを向けられた憶《おぼ》えはない。

子供じみた衝動だと頭のどこかでわかっていながら、ユーゴの脇にいる狭霧へと無性に苛《いら》立《だ》ちをぶつけたくなった。

「俺、母親いないから。正確には、身内みたいなもの。那智にレイを逢わせる気も、その理由もない」

ついでに、『女性』でもない……という余計な一言は、呑《の》み込んだ。

那智本人から、機会があれば店に連れてこないかと言われていることなど、自分が黙っていたらわからないはずだ。

無性にイガイガした気分だった。八つ当たりじみているとわかっていながら、狭霧を突き離す言葉が口から出る。

喉《のど》の奥に込み上げる苦いものの正体は、わかっていた。自己嫌悪だ。

奥歯を噛んだ隆世に、ユーゴはそっと首を傾げた。

「リュウ……母上、いないのか。料理上手なのは、母上に習ったんじゃないの?」

遠慮がちではあったけれど、ストレートに尋ねてくるあたり、やはり日本人とは異なる気質を持っている。

ただ、変に気を遣われるほうが気詰まりなので、隆世にしてみればありがたい。

「正確には、いないわけじゃない。どこの誰か知らないだけで、生きてたら地球のどこかにはいるはずだ。……子供の頃、どうして自分には母親がいないのか父親に聞いてみたことはある。そうしたらアイツ、真顔で『おまえは俺が産んだ』とか言いやがった。素直なお子様だった俺は、小学校に入るまでそれを信じてた」

淡々とした口調で語った隆世に、ユーゴはきょとんとした顔をしていた。

意味を解するのに時間がかかったのか、無言で数回まばたきをして……突然、その場にしゃがみ込む。

「っ、くくく……素敵な父上だ」

蹲《うずくま》って、爆笑している。狭霧は……とさり気なく目を向ければ、隆世と視線が絡む直前に顔を背けた。

本人は表情を隠しているつもりかもしれないけれど、小刻みに肩を震わせながら明らかに笑っている。

隆世にとっては、悪趣味な嘘を信じ込まされた苦い記憶なのだが、やはり他人には笑いを提供するネタなのか。いつだったか佑真に語った時も、申し訳なさそうな顔をしながら……

やはり笑われた。

ひとしきり笑って気が済んだのか、立ち上がったユーゴは隆世の腕をポンポンと叩いて口を開いた。

「すまない。でも、リュウを見ていたら、父上の教育が素晴らしいものだったと想像がつく。思慮深くて、実はお行儀がよくて……いい子だ」

笑いの余韻を漂わせてはいるが、ユーゴの目は真面目なものだ。場を収めるための、方便ではないと伝わってくる。

「背中がムズムズするから、やめてください」

「照れなくていいのに。今のリュウを形成してくれた父上に、感謝しているだろ?」

「確かに、父親の教育方針は……基本的にライオンタイプだけど、感謝していないわけではない」

今の自分と変わらない……二十歳そこそこで、手のかかる乳児を育てたのだ。

もちろん孤軍奮闘したわけではなく、シッターの存在もあったはずだが、大変でなかったはずはない。

際限なくつけ上がるだろうから、本人に面と向かって感謝を述べたことはないけれど、今の自分はあの人に育ててもらってよかったと思っている。

戸籍上は父親だし、便宜上『親父《おやじ》』と呼んではいるが、実際は『父親』ではなくて母親の違う『兄』なのだと……そこまで語る気はないが。

父親は異母兄で、そのパートナーは同性で……一般的ではない生育環境の割に無難に成長したのではないかと、たまに自画自賛したくなる。

「うんうん、やっぱりいい子だ。ご褒美に、ハグしてあげよう！」

隆世の言葉に大きくうなずいたユーゴは、両腕を広げて抱きついてきた。

自分より体格のいい男に抱きつかれるという機会は、普段はまずない。褒めてくれたのに申し訳ないが、正直言って嬉しくもなんともない。

「どこが、褒美……っ」

目を剝《む》いた隆世が身を離そうとする前に、それまで無言で傍観していた狭霧の声が耳に飛び込んでくる。

「ユーゴ！」

いつになく大きな声でハッキリとユーゴの名前を呼びながら、狭霧の手が隆世とユーゴを引き離す。

視界の端で、淡い色の髪がふわりと揺れた。

「なに、レイ。私とリュウのスキンシップを邪魔するのは……なぜ？」

ふふふ、と。意味深な笑みを浮かべたユーゴが、狭霧の頰に触れる。狭霧は、言葉もなく睨みつけてユーゴの手を叩き落とした。

「カワイイねぇ」

バシッと、かなり痛そうな音が聞こえてきたのだが、ユーゴは楽しそうな笑みを浮かべたままだ。

ああ、そうか。

困惑した隆世に救いの手を差し伸べたわけではなく、ユーゴが自分の目の前で他の人間に抱きついたのが、気に食わない……ということか。

隆世は、スーッと隙間風のようなものが胸を過《よぎ》るのを感じた。瞬時に冷めた気分になり、二人から目を逸《そ》らす。

自分を当て馬にして、いちゃつかないでほしい。あまり愉快な気分ではない。

不快感の理由をそう結論づけて、リビングテーブルに視線を落とした。

「あのさ、お茶とマフィン……すっかり冷めてるみたいなんだけど。ユーゴの言う、残念なことになってるよ」

そこに置いた時はティーカップから立ち上っていた湯気が、完全に見えなくなっている。

皿に載ったマフィンも、一度温められたことでチョコチップが溶けた形跡はあっても、仄《ほの》かなぬくもりを残すだけだろう。

「あ！　シマッタ」

「……ユーゴのせいだ」

隆世の言葉に短く声を上げたユーゴに向かい、狭霧が冷たい調子でつぶやく。

フォローはできない。彼だけが原因ではないが、主にしゃべっていたのはユーゴだ。

「紅茶、淹れ直そうか」

マフィンは……もう一度トースターにかければ焦げてしまいそうだから、このまま食してもらおう。

ティーカップをトレイに載せようとした隆世を、狭霧の声が制止した。

「待て。いい。もったいないから、飲む」

ユーゴが淹れたものだから？　と、喉元まで込み上げてきた言葉をギリギリのところで押し戻した。

そんなことを尋ねて、なんになる。

「あ、そうだ。レイ、夕食はポトフよりおでんがいいよね？　かつおだしで、和辛子をつけて……」

ソファに腰を下ろしながら、ユーゴが狭霧に話しかけた。さり気なく、自分の希望に誘導しようとしている。

チラリとユーゴに目を向けて……次に隆世の顔を見た狭霧は、ユーゴの意図に気づいたのか『Non』と短く口にした。

「ポトフだ。ロールキャベツが入ったやつ。和辛子ではなく、粒マスタード」

「ということで、夕食のメニューは決まったな」

うなずいた隆世に、ユーゴは大袈裟な仕草で頭を抱える。狭霧は、そ知らぬ顔で淡々とティーカップを手にした。

それきりこちらに向けられることのない狭霧の横顔は、隆世を拒んでいるように見える。子供じみた言動のフォローが、できない。

狭霧といたら、普段の『大人びている』と言われる自分が、小学生くらいに巻き戻されてしまったような錯覚に襲われる。

いや、小学生の頃でも、もっと冷めていたはずだ。

感情を乱され、ペースを崩《くず》され……自身をコントロールできなくなるから、狭霧という自分は気味が悪い。

狭霧のことを、那智には苦手だと語ったが、複雑すぎてその一言では言い表せない。

「そういえば、午前中にマキシムの大学で講義を見学したんだけど……日本の大学生、面白いねぇ。ウサギ耳の髪飾りをつけた女の子がいて……」

マイペースで笑いながら、大学での講義中の珍事を語るユーゴ。

「ふーん」

ムッとした顔の狭霧。

「あー……大学構内って、たまに異空間に迷い込んだ気分になりますよね」

辛うじてポーカーフェイスを装っている隆世。

異なる空気を纏う三人でのティータイムは、傍から見ている人がいればさぞ奇妙な空間だっただろう。

《六》

「あ、おい隆世」

「……なに？」

玄関先で屈《かが》んでシューズを履いていると、背後から父親の声が聞こえてくる。とっくに出社していると思っていたのだが……と怪訝《けげん》な面持ちで振り向くと、きちんとスーツを身に着けていた。

どうやら、いつもより自宅を出る時間が遅いだけのようだ。

「おまえ、今日の午後少し時間ある？」

「これからバイト。午後もバイト」

だから引き留めるなと言外に告げて、シューズのつま先をトントンと打ちつけた。ドアノブに手を伸ばしたところで、シャツの襟《えり》を背後から摑《つか》まれる。

「待たんか。話は終わってねぇぞ。まだバイトやってんのか？　そろそろ、大学の入学式だろ」

「入学式は……明後日《あさって》。雇用主から終了を言い渡されてないのに、こっちから辞めるとは言えねぇ。入学式が終わっても、本格的な授業が始まるまでしばらく時間があるって聞いてるし、掛け持つよ」

「そりゃ……おまえが、どっちも中途半端にならずやりこなす自信があるっていうなら、俺が口出しすることじゃないが」

「自信がないわけないだろ」

と、隆世が言い返すことがわかっていてわざと挑発的な言い方をしたに違いない。目を合わせた父親は、ニヤリと人の悪い笑みを浮かべる。

ヤツの思惑に見事にハマったらしい自分に、ムッとする。

「離せよ、バイトに遅れる」

振り返ることなく父親の手を払い除けようとした隆世だが、背後の父親はなにを考えているのかガシッと羽交い締めしてきた。

「なんだよっ！」

「着替えろ。スーツを着ていけ。十三時に、東洋ホテルのロビーだ」

「はぁっ？　なんで？」

予想外の言葉に、拘束から逃れるタイミングを失ってしまった。

ユーゴのスキンシップより、更に暑苦しい接触に眉を顰めつつ、藪から棒になんだと聞き返す。

「今日の商談相手の一人が、フランスのメーカー関係者なんだよっ。おフランス人！　予定してた通訳、今朝になって腹痛だとかでドタキャンしやがった。手配し直すのが面倒だから、おまえが来い」

「英語でしゃべればいいだろ！　アッチも、海外に出るような人間なら英語くらい使いこなせるだろうし。高尾《たかお》さんに確かめてみろよ」

「あいだに複数の人間を挟んでるから、よくわかんねーんだよっ。フランス人はプライドが高いのが多いから、相手が自国語を話せるってだけで機嫌がよくなったりするだろ。オマエを使えと言ったのも、高尾だ。一、二時間バイトを抜けても大丈夫だろ？　誰がフランス語レッスンの費用を払った？　小遣いやるから、同席しろ！」

横暴極まりない言葉に、目を眇《すが》める。

レッスン代は確かに父親に出してもらったが……小中学生の頃ならともかく、この歳《とし》になって『小遣い』で釣ろうというあたり、図々《ずうずう》しいことこの上ない。

なにより、自分を引っ張り出そうと言い出したのが敏腕な秘書氏ということは、

「……高尾さん、経費削減を図ったな」

それが、可能性としては一番高い。

直前になって専門の通訳を手配し直す労力や費用と、きっと父親のポケットマネーから捻《ねん》出《しゅつ》される自分の『小遣い』など、天秤にかけるまでもないはずだ。

「高尾本人に聞けっ！　いいから、十三時に東洋ホテルまで来いよ！　すっぽかしやがったら、……中学の時、バッグに緊縛マニアっつーエロ本を隠してて生徒指導に呼び出されたこと、那智と佑真にバラしてやるからな！　武士の情けで今まで黙っておいてやったのを、感謝しろ」

「ちょ……と、待てっ！」

ギョッとした隆世は、絡みついていた父親の腕を振り解《ほど》いて背後に身体を捻る。目が合った父親は、隆世から動揺を引き出せたことに満足げな笑みを浮かべた。

自分とよく似ていると誰もが言うけれど、こんなに憎たらしい顔と同列に並べられたら迷惑極まりない。

「なに、五年も前のこと持ち出してんだよっ、卑怯《ひきょう》者！　忘れたような顔をしてやがったくせに。だいたいあれは、俺のじゃなくて、バカクラスメートが勝手に突っ込んだんだって言っただろ！　俺は、純然たる被害者だ」

五年前も同じことを主張したし、件《くだん》のクラスメートが生徒指導の教師や担任、父親の前で濡《ぬ》れ衣《ぎぬ》だと説明してくれたので、丸く収まったはずだ。

それを、嘘から出た真の如《ごと》く持ち出されてしまえば、さすがに「誰にでも話せ」と涼しい顔をしていられない。

「知ぃーらねぇ。那智と佑真に、直接言い訳しろ。絶対、来いよ！　脅しじゃなく、本当にバラすからなっ」

頼みごとをしている人間とは到底思えない、偉そうな表情でそう言い返してくると、

「デカい図体で玄関先を塞《ふさ》ぐな、邪魔だ」

とてつもなく横柄な態度で、隆世を押し退《の》ける。言葉もない隆世を横目に、素早く革靴に足を突っ込んで廊下へ出て行った。

玄関先に取り残された隆世は呆然《ぼうぜん》と突っ立ったまま、勢いよく閉められた玄関扉に視線を泳がせる。

「……ひ、酷《ひで》ぇ……」

最初に時間はあるか？　と尋ねてきた時点で、父親の中では決定事項だったに違いない。怒るとか憤るというより、呆気《あっけ》に取られてしまう。わざわざ追いかけていって、押し問答する気力もない。

先ほどの父親の言動が、こうして隆世から反発心を殺《そ》ぐことまで計算しての業だったとしたら、敵ながら天晴《あっぱれ》としか言いようがない。

「ッ、くそ……無駄に時間を食った。しかも、あー……スーツに着替えるのかっ」

地団駄を踏みたい気分になりながら、一度は足を入れていたシューズを脱ぎ捨てる。言いなりになるのは悔しいが、無視して本当に大人げない嫌がらせをされてしまっては堪《たま》ったものではない。

シャツを捲《まく》り上げながら大股で自室へ入ると、父親の車を拝借してやろうと決めた。文句は言えないはずだ。

なんとか、十一時ギリギリになって狭霧のマンションに到着した。

途中で買い物をする余裕がなかったので、今日のブランチは冷蔵庫にありあわせのもので許してもらおう。

そういえば……最初、食べられるものならなんでもいいと言ったのが空耳だったのではないかと思うほど注文は多いが、狭霧に文句を言われたことは一度もない。

冷蔵庫の中身を思い浮かべながら玄関扉を開いた直後、中から出てきたユーゴとニアミスしてしまう。

「っと、ゴメンねリュウ！　寝過ごしたっ。遅刻だっっ」

無言で身を引いた隆世の脇を慌ただしく通り抜けようとしたユーゴは、これまで一、二度しか目にしたことのないスーツにネクタイという格好だ。

大学で講義をする際は、シンプルなシャツにジャケットという装いなので、それより畏まった場に出なければならないか重要な会談があるのだろう。

そうして急いでいながら、ピタリと動きを止めて隆世を振り向いた。

「リュウ、レイは仮眠を取ってるんだ。なんだか仕事が大詰めで、のん気に寝てたら大変なことになるみたいだから起こしてあげて。死んだように寝ていてドアの外から声をかけても無駄だろうから、部屋に乗り込んでベッドから引きずり出すんだよ」

「っでも、俺……ドアに触るのも禁止されるくらい、レイの私室に入ることを止められてるんだけど」

「ベッドに入る前に、時間が来たら殴ってでも起こせ！　って言ってたんだから、大丈夫。文句を言われたら、私のせいにしていいよ。頼んだからねっ」

慌てて引き留めた隆世に、

「ちょっと待て、ユーゴ！」

「じゃ、行ってきます！　あ、スーツ珍しいね。似合うよ、格好いい！」

と手を上げて、小走りでエレベーターホールへ向かう。ユーゴにとっては幸いなことに、隆世が使ったエレベーターがまだ待機していたのだろう。あっという間に、物音ひとつ聞こえなくなった。

「な、なんなんだ……もう」

父親といい、ユーゴといい。

どうして、自分の周りにはこう……厄介というか、傍迷惑なマイペース人間ばかりなのだろう。

しかも、狭霧の目覚まし時計となる役割まで押しつけられてしまった。

「チッ、文句があるならユーゴに言えよ」

あの様子だと、ブランチの準備を始める前に狭霧を起こしたほうがいいだろう。

そう思い、荷物をソファに置いて狭霧の私室へ向かう。

ドアノブに手をかけて、スッと息を吸い込んだ。自分にとっては、開かずの間も同然だったのだ。変な緊張が込み上げる。

まだ眠っている。死んだように寝ている。

ユーゴの言葉が、頭の中を渦巻いた。まるで、同じ空間で……もっと露骨に言えば、一つのベッドで眠っていたかのような言い様だ。

まるで……ではなく、実際にそうなのかもしれない。

「情事の後、ってことはないだろ」

本当に仕事が大詰めで大変な状況なら、妙な場面を目にすることはないだろう……と。自分に言い聞かせるように口にして、ドアを開ける。

初めて足を踏み入れた狭霧の部屋は、想像していたより遥《はる》かにスッキリとしたシンプルな空間だった。

ラップトップ型のＰＣが置かれたデスク、その脇にはびっしりと本の詰まった背の高い書棚、壁際に置かれたダンボール箱から溢《あふ》れ出ている日本語とフランス語……英語まで混在した冊子類と、部分的に雑然とした状態ではあるが、それ以外に目につくものと言えばベッドくらいだ。

頭の天辺から足先まですっぽりと潜り込んでいるらしく、掛布団がこんもりとふくらんでいる。

「……レイ」

ベッド脇に立った隆世は、一言名前を呼んでみた。ユーゴの口ぶりでは、これくらいで起きてくるとは思えないが……。

「起きなきゃマズいんじゃないか？　レイ！」

今度は、音量を上げて呼びかけてみる。それでも、ミノムシのような布団の塊はピクリとも動かなかった。

叩き起こしてでも、ベッドから引きずり出せ……か。

ユーゴの言葉に従って、実行してやれと手を伸ばす。気合いを入れて掛布団を剝《は》ぎ取ったと同時に、

「え……？」

短く零《こぼ》して、動きを止めた。

隆世の目に飛び込んできたのは……艶やかな、黒髪だったのだ。

一瞬、誰かをベッドに連れ込んでいるのかと身構えてしまったが、どう見てもそこにいるのは一人だ。

状況からして、狭霧しかいないはずで……でも、隆世が知っている『狭霧零《れい》』は、ダージリン色の髪をしているはずだ。

「ユーゴと二人で、俺をハメようとしているのか？」

そんな疑いが湧《わ》いて、恐る恐る手を伸ばす。起きる気配もないのをいいことに、狭霧の髪に触れてみた。

さらりとした上質な髪の感触ではあるが、人工的な手触りではない。

「なに……？　なんで？」

目の前にある光景が不思議でたまらなくて、視線を泳がせる。すると、ベッドの端にある見慣れた色彩が視界に飛び込んできた。

こっちが……隆世が見知っている、狭霧の髪色だ。でも、どう見てもベッドの隅に『置かれて』いる。

「……ヅラか？」

それは、鬘《かつら》……ウィッグというものではないだろうか。

唖然《あぜん》とした面持ちで、ソレを手に取った。

見ただけでは人工物だとわからないほど精巧な作りだが、毛に触るとやはり不自然な感じがする。

どう考えてもこの黒髪が狭霧の本来の自然な姿で、今まで隆世に見せていた姿は擬態だったということだ。

なんのために？　ワケがわからない。

左手にウィッグを持ったまま真っ黒な髪を見下ろす。声もなくベッド脇に立っていると、アラームが鳴り響いた。

「ッ！」

我に返った隆世は、ウィッグを手放して音の発信源に目を向けた。

小物が置けるよう、棚になっているベッドヘッドにある目覚まし時計は、十一時を指し示している。

結構な音量のアラームにも、狭霧は身動《みじろ》ぎ一つしない。

「レ……レイ、起きなきゃヤバいんだろ！」

遠慮を手放した隆世は、狭霧の肩を掴んで揺さぶった。さすがに殴ることはできそうにないが、頬を摘《つま》んで引っ張る。

「んー……」

狭霧は、喉の奥で唸《うな》りながら眉間に皺を刻む。

起きるか……？　と思ったけれど、長い睫毛《まつげ》を震わせるだけで頑固に目を開けようとはしない。

「起きろっ！　レイ！　Réveillez-vous!」

今度は、頬を軽く叩きながら、日本語よりも狭霧が慣れ親しんでいるだろう言語で呼びかける。

もぞもぞと手を動かした狭霧は、隆世が着ているスーツの袖口を摑んで引っ張った。

「Hugo Je suis désagréable」

払い除けようとしたのかもしれない。けれど、身を乗り出して片手をベッドにつき……という不安定な状態だったせいで、バランスを崩した隆世は危うく狭霧を押しつぶしそうになってしまった。

「うわっ。ッ……危ねっ、レイ……無事か？」

覆いかぶさる体勢で、狭霧の顔を見下ろす。さすがに寝続けられなくなったのか、狭霧がゆっくりと瞼《まぶた》を押し開いた。

「う……ん」

焦点の合っていない目でこちらを見上げたまま、仄かな笑みを浮かべる。無防備極まりない表情で、甘えるように両腕を首に絡ませてきた。

ドクンと、大きく心臓が脈打つ。どんどん鼓動が激しさを増し、喉が渇く。指先にまで、奇妙な熱が広がった。

間近で目にする瞳は、髪と同じ……漆黒だ。自分の前に出る時は、カラーコンタクトレンズを装着していたのだろうか。

黒い瞳をジッと見詰めていると、吸い込まれるみたいだった。魅了される、というのはこのことかもしれない。

ドクドク……耳の奥で響いていた動悸《どうき》が、ふと遠ざかった。

自我と身体が切り離されてしまったみたいで、自分がなにをしようとしているのか予測不能になる。

頭の片隅に残る冷静な部分が、バカなことをするなと忠告していたけれど、抑止力として働かない。

気がつけば、ふらふらと……なにかに背中を押されるように、唇を触れ合わせていた。頭の中は、真っ白だ。

やわらかなぬくもりに触れたのは、ほんの数秒。

誤って、意図することなく掠《かす》めてしまったと、苦しい言い訳ができる程度の接触だったように思う。

まだ眠りから戻りきっていないらしく、ぼんやりした表情で隆世と視線を絡ませていた狭霧だったが、数回まばたきをしてハッと目を瞠った。

「隆世っっ？　なに……なんだよっ！　なにやって……っ！」

言葉もない様子で視線を泳がせると、起き上がろうとして……隆世の額《ひたい》に自分の頭をぶつける。

「痛ぇ」

つぶやきは、同時だった。

痛い。が、おかげで妙な空気が霧散した。

目前で繰り広げられる絵に描いたような慌てように、頭突きされた文句を言うことも忘れて苦笑を滲ませてしまった。

「出かけ際のユーゴに、レイを起こせって頼まれたんだよ。ソレが天然？　あんた、黒髪のほうが似合うな」

自然とそんな言葉が口から出たことに、一番驚いたのは隆世自身かもしれない。

実際、今自分の目の前にいる狭霧は綺麗《きれい》だった。

これまでも、ビスクドールのような容姿だとは思っていた。でも、黒髪に黒い瞳の狭霧は、西洋と東洋が絶妙に入り混じったなんとも形容しがたい魅力を有している。

どうして、わざわざ手の込んだ仮装……とまで言えば言い過ぎかもしれないが、隠すようなことをしているのか不思議になるくらいだ。

隆世の言葉に、狭霧はあからさまに狼狽《うろた》えた調子で口を開く。

「な……っ、なに言って……からかうな！　だいたい、起こせ、って……ベッドに乗り上がって、か？　へ、変なことしてないだろうなっっ」

狭霧はそう言いながら、右手でパジャマの襟元をギュッと握り締める。

寝ている人間に、妙なことをする人間だと思われているのか？　と、不快感が湧いた。

「ああっ？　人を痴漢みたいな言うなよ。なんで、そんな発想が出るのか疑問だ」

触れるだけの軽いキスは、『変なこと』にカウントされるだろうか。

寝ぼけていたらしい狭霧の意識には、あのキスが残っていないらしい。それを幸いとばかりに、すっ惚《とぼ》けてしまうことにする。

「だって、脱がせようとしたり触ってきたりする人間が……」

「これまで、あんたの周りにはそういう人間が多かったのかもな。だからって、俺をそういう手合いと一緒にするなよ。魔性かなにか知らないけど、あんたが、誘ってるオーラを発してるんじゃないのかっ？」

気まずさを誤魔化《ごまか》すための、卑怯で最低な発言だ。言い放った直後に、とてつもない自己嫌悪に襲われる。

普段なら辛辣《しんらつ》に言い返してくるはずの狭霧が、唇を噛んで泣きそうな顔をしたから、尚《なお》のこと自分に対して腹立たしさが増す。

でも、ゴメンと謝るタイミングを逃してしまった。

「ユーゴに、起こせって言ったのに……隆世、スーツなんて着てるから」

その上、狭霧は助けを求めるように『ユーゴ』の名前を出す。起こしに来たのが、隆世だったから悪いのだと言わんばかりの態度だ。

しかも、スーツ姿だったからユーゴだと勘違いした？　あの甘えるような仕草は、相手がユーゴだと信じていたから……か。

「ユーゴなら、甘えるんだ？　俺には部屋に入るなって言っておいて、ユーゴは……部屋にも、もしかしてベッドにも入れてたのか？」

意図したわけではないが、皮肉をたっぷりと含ませた言葉になった。

ユーゴと狭霧、どちらに対して憤っているのか、頭の中がぐちゃぐちゃで自分でもよくわからない。

応戦するとばかり思っていた狭霧から返ってきた言葉には、いつものキレがなかった。

「それは、だってユーゴには隠さなくていいから」

「なにを……なんで隠すんだよ。こっちのほうがキレイだと思うけど」

腹が立って、イラついているはずなのに……俺、なにを口走ってるんだ？　と。

口にしながら、自分自身に焦りのようなものを感じる。

狭霧は、どこか頼りない空気を纏った泣きそうな顔のままで、ぎこちなく首を左右に振った。

それは、これまで隆世が目にしたことのない狭霧の姿だった。

もう言葉もなく、至近距離で狭霧を見下ろしていると、奇妙な感情が胸の奥底から湧き上がる。

なんだ、これ。

可愛げがない、とか。苦手だ……とか。そんなふうに思っていた相手が、突如別のものへと変わってしまったみたいだ。

自分も、狭霧も……どうなってしまったのかわからなくて、戸惑う。

どうすれば、この気まずい空気を吹き飛ばせるのか、その術《すべ》も見つけられない。

ベッドに横たわった狭霧に覆いかぶさり、数十センチの距離で顔を突き合わせるという奇妙な体勢のまま、動くことができなかった。

「は、離れろよ。きちんと、わかってる……から」

「わかってる?」

視線を泳がせた狭霧の言葉に、どういう意味だと聞き返す。狭霧は言葉を探すように、ぽつりぽつりと続けた。

「隆世は、大和撫子が好みで……僕なんか、正反対だ。だから、間違っても変なコトはしない。君がいると思わなかったから、寝惚《ねぼ》けていて、驚いたんだ。……起こしに来てくれたのに、不快な気分にさせて……すまなかった」

謝らなければならないのはこちらのほうなのに、先に謝られてしまった。あまりにも予想外のことで、返す言葉が思い浮かばない。

唇を引き結んだ隆世は、覆いかぶさっていた狭霧からギクシャクと身体を起こした。

「ブランチ、用意する。ホットサンドか、パンケーキ……フレンチトーストくらいしかできないけど。あと、親父に呼び出されてるから……午後に少し抜けてもいいか？」

「……好きにすればいい。ブランチはフレンチトーストだ」

「わかった」

目を合わせることなくうなずいて、大股で狭霧の部屋を出る。

ドアを閉めて早足でリビングに入ったところで、膝《ひざ》から力が抜けた。足を止めてしゃがみ込み、深く息をつく。

「なにやってんだ、俺……」

身体の内側が、自己嫌悪という名の苦いものでいっぱいになっている。

これほど、自分で自分がわからなくなるのは初めてだった。

《七》

絶対に来いと、一方的に言いつけられたホテルに到着したのは、指定された時間の十五分前だった。

「あー……予定より遅くなったな」

気まずい空気の漂う中、手早く狭霧のブランチの用意をして、外出の許可をもらって……急いで車を走らせたのだが、あと五分くらい早くに到着しておきたかった。

時間だけを考えれば早めだけれど、相手について、わずかながらでも知識を仕入れておきたいと思ったのだ。

ただの通訳ですとそ知らぬ顔で、自分が『加賀《かが》電機』の関係者であることを黙っていてもいいが、父親に連れ出されたパーティーやら懇親会で存在を知られている可能性もある。

会社のため、そしていずれは自分のため……仕事相手に、変な印象を与える危険は減らしたかった。

そのあたりまで含めて、父親の思惑通りなのだろうと考えれば悔しいけれど……。

「いらっしゃいませ。ご宿泊ですか。ご案内いたします」

ロビーに足を踏み入れた隆世に、ホテルの制服を身に着けたボーイが話しかけてくる。いや……と首を横に振りかけたところで、ロビーラウンジのテーブルについている父親と秘書氏の姿が目に留まった。

思ったとおり、彼らも余裕を持って到着している。

「待ち合わせ。見つけたから、いいです」

ボーイの案内を断っておいて、そちらへ足を向けた。

大股でロビーを横切る隆世の姿に、先に気づいたのは優秀な秘書である高尾氏だった。

「隆世さん。ご足労いただき、ありがとうございます」

座っていたイスから立ち上がり、ホッとした様子で笑いかけてくる。父親は、偉そうにイスに腰かけたままこちらを振り仰いで、憎たらしい笑みを浮かべた。

「来たな。やっぱり、バラされたくねーか」

「……メチャクチャな脅し文句で脅迫されたからな。だいたい、あの手の話はどんなに否定しても、『苦しい言い訳』って感じになるし」

眉を顰めて、仕方なく来てやったんだと言い返す。

困っているからお願いします、と頼むならともかく……脅されたのだと、わざと高尾の前で主張してやった。

「脅した？」

「大袈裟《おおげさ》なヤツだな」

ピクッと眉を跳ね上げた高尾に、父親はふんと鼻で笑って顔を背けた。ふてぶてしい態度だ……が、ほんのわずかに気まずそうな雰囲気を漂わせている。

隆世は、心の中で「ざまぁみろ」と舌を突き出した。

「有隆さん、私は、隆世さんにお願いしてくださいと言いませんでしたか？」

「俺は、この上なく丁重にお願いしたぞ」

「丁重に……ですか。まぁ、だいたいわかりました。隆世さん、申し訳ありません」

高尾は、呆れたという顔で謝罪してくる。

この人と父親とのつき合いは自分と父親との年月よりも長いので、詳しく聞かずともどんな『丁重なお願い』をしたのか、大体の想像がつくのだろう。

彼ではなく、父親に謝らせたいのだが。なにかと気苦労の多い高尾に免じて、これ以上の文句は呑み込んだ。

「事前に確認しておきたいんだけど」

オーダーを取りに来たウエイターに、高尾が「コーヒーを二つ」と告げているのを聞きながら、父親の正面に座る。

「相手の簡単なプロフィールと、今回の商談だか接待だかの目的と目指す結果。あと、俺の立ち位置」

時間があまりないのだから要点だけ話せと促した。

軽くうなずいた父親は、質問したことについてのみ簡潔に答えてくる。

「会談の相手は、フランスに本社のある電子機器メーカー。共同出資をして新しい発動機の開発を計画しているところだ。今日は契約がらみとかの重要事案じゃなく、顔合わせって程度だ。当初は日本支社の代表とだけ逢う予定だったんだが、たまたま技術者の一人が来日中で時間が取れるってことだから、その人物を同伴する旨の連絡がきた。飛び入りの技術者っていうのが、フランス人なんだよ。おまえについては、隠す理由もないから息子ってことで紹介する。……で、いいな？」

「わかった。適当に話を合わせる」

今回は、さほど重要な会談ではない……か。

こうしてホテルのロビーで待ち合わせをするくらいなので、大方の予想はついていたけれど、きちんと確かめられたことで少しだけ肩の力が抜ける。

問題は、イレギュラーなフランス人技術者の存在だけのようだ。

ふと息をついたところで、運ばれてきたコーヒーを一口含んだ。

「……気が合わないわけじゃないんだから、普段から仲良くされたらいいのに」

と、斜め後ろに立っている高尾のボヤキ混じりの声が聞こえてきたけれど、聞こえなかったふりをする。

聞き流した隆世をよそに、大人げない父親が言い返した。

「コイツが突っかかってくるんだよ。ふてぶてしい面に加えて、みるみるデカくなりやがって……っとにカワイくねーなぁ」

「有隆《ゆたか》さんが挑発するから、隆世さんも応戦なさるんでしょう。だいたい、お二人……そっくりですよ」

最後の一言には、さすがに隆世もピクッと手を震わせた。

顔立ちはもちろん、背格好も似通っている……とは、誰もが口を揃《そろ》えて言うことだ。初対面の人間でも、こうして二人で並んでいたら血縁関係があることは一目瞭然《りょうぜん》だと笑う。

でも、この人と同列に並べられるのは我慢ならない。

「親父と一緒にされると迷惑だ」

ボソッと不満を零した隆世に、父親が「あぁ？」と眉を跳ね上げさせた直後、高尾がコホンとわざとらしい咳《せき》払いをした。

隆世の目前で、父親が見事に纏っている空気を変える。ワルイことを目論《もくろ》む子供のようだった表情が、隙のない敏腕経営者のものへと……。

何度目にしても、見事としか言いようのない『巨大な化け猫』を被っている。

ほぼ同時に立ち上がった隆世も、小さく吐息をついて『爽《さわ》やかな青年』をよそおい、背後を振り向いた。

「加賀社長、お待たせしまして申し訳ございません。本日はお時間をいただきまして、ありがとうございました」

早足でこちらへ向かってきたのは、スーツ姿の三人の男性だった。

父親に声をかけてきたのが、支社長という人物だろう。あとは……彼の秘書と、件の『フランス人』か？

「いえ、坂江《さかえ》支社長も、お忙しい中ご足労いただきありがとうございます。技術者がフランスの方だということで、フランス語を勉強している息子を通訳として同席させても構いませんか。学生……十八歳の若輩者ですが、ネイティブについて長く習わせていますので」

父親の伺いに、坂江と呼びかけられた五十代の男性の目が隆世へと向けられる。視線が絡み、深く頭を下げた。

「加賀、隆世です。初めまして。至らない点が多々あるかと思いますが、本日はよろしくお願い申し上げます」

「そちらが息子さんですか。随分と優秀な青年だと、噂《うわさ》だけはタカラ電子の社長からお聞きしていましたが……いやぁ、本当にそっくりですなぁ！　お逢いできて光栄です。もちろん、ご一緒いただくのは歓迎しますが……」

既知の仲なのか、和気藹々《わきあいあい》と言葉を交わしている二人をよそに、隆世は声もなく硬直していた。

辛うじて、坂江氏への挨拶はそつなくこなしたとは思うが……その背後に立っている『フランス人技術者』に完全に意識を取られていたので、自信はない。

「こちらが、お電話にてお話しさせていただいた技術開発グループの Hugo Gounod 氏です」

あちらも目を瞠って隆世を見ていたが、坂江に促されて我に返ったようだ。

ハッとした様子で、隆世から視線を逸らして父親に向き直る。

「初めまして、ユーゴと呼んでください。そちらは色々と面白い企画を立てられる企業だと知っていましたので、お逢いできるのを楽しみにしていました」

「KAGA electrics のCEO、加賀有隆です。随分と……日本語が堪能ですね」

父親の言葉に答えたのは、坂江だった。ユーゴは、ニコニコと人懐こい笑みを浮かべて隆世と父親のあいだで視線を往復させている。

「せっかく息子さんを伴っていただきましたが、彼は日本語ツウでして……担当者から伝わっていなかったようで、申し訳ございません」

「日本、大好きです！　ね、リュウ」

親しげに隆世に同意を求めるユーゴに、坂江と父親はほんの少し目を見開いて驚きを示す。

チラリと横目でこちらを見遣《みや》った父親が、

「……隆世？」

説明を求める調子で、低く隆世の名前を口にした。

心の中で、そのフランス人なら通訳なんて不要だよ、とつぶやく。もちろん、表面には出さなかったが。

「僕がフランス語のレッスンをお願いしている先生の紹介で、アルバイトをしているのですが、その方のご友人です。これまでに、何度かお逢いする機会がありましたので」

坂江の手前、お行儀のいい答えを返す。取り澄ました隆世の言動に、ユーゴは無言で笑みを深くした。

外向きではない、素に近い姿を知っているので違和感があるのだろうが……そのあたりは、お互い様だ。

「それは、奇遇ですね」

「ええ、奇遇です。でも、そうですか……あなたが、リュウの父上」

ユーゴは、ふふふ……と意味深な笑みを零している。一瞬、余計なコトを言うのでは……と身構えたけれど、狭霧のところで目にするユーゴとは違い、パブリックスペースでの彼はさすがに大人だった。

「リュウは、素晴らしい青年ですね」

そう、微笑を浮かべる。父親は謙遜《けんそん》することなく、「嬉しいお言葉です」と朗らかに笑い返した。

一通りの挨拶を済ませると、個室を用意しているので……と移動を始める。

通訳の必要がないとわかったのなら、自分は同席しなくても……むしろ、いないほうがいいのではないだろうか。

事業の話は正直言ってよくわからないし、こうなれば部外者にも等しい。外部に漏らしてはいけない話もあるはずだ。

そう思って、控えていた高尾に「どうすればいい？」と視線で問いかける。

「……社長」

隆世と目が合った高尾は、困惑を的確に受けたらしく、控えめな声で短く父親に呼びかけた。

歩みを緩ませた父親がこちらを振り向き、「あー……」と迷う目をする。

「あれ、リュウ？　早くおいでよ」

お役御免、と決め込んでいた隆世だったが、ユーゴの一言で場を辞するタイミングを逃してしまう。

名指しで呼ばれてしまったからには、背中を向けると角が立つかもしれない。肩書きとしては、ユーゴよりも坂江や父親が上だと思うが……実際の立ち位置というか、この場での発言力は誰が一番だ？

下手なことを言えない隆世は、誰かが口を開くのを待つ。

「……ということだから、おまえも同席しろ」

どうやら、ユーゴの発言を無視することはできないらしい。

面倒だな……と込み上げかけたため息を呑み込んだ隆世は、父親の言葉にうなずいて足を踏み出した。


携帯電話を手に廊下に出ていた秘書が戻ってきて、坂江に耳打ちをする。

「加賀社長、申し訳ございません。少々席を外します」

坂江自身が対応しなければならない案件だったのか、ふと眉を顰めた坂江は、何度も父親に頭を下げて廊下に出て行った。

静かにドアが閉まると同時に、ユーゴがこちらへ視線を向けてきた。

「リュウ、十八歳ってホント？　マックスの教え子サンって聞いていたし、大人びているからレイと同じくらいだと思っていたよ！」

マキシムの愛称を口にしたユーゴは、父親が紹介した際の隆世の年齢を再確認してくる。

そういえば、ユーゴだけでなく狭霧にも、自分の正確な歳を話して聞かせた記憶はない。

理由はシンプルだ。……聞かれなかったので。

「十八ですよ」

「……老けてるからな。コイツは迷惑をかけていませんか」

シラッとした顔で答えた隆世の隣で、父親が合いの手を入れる。

坂江がいた時よりもラフな口調で話しかけた父親に、ユーゴはグリーンの瞳に楽しげな色を浮かべてうなずいた。

「リュウは、とっても働き者です。私も、よくご相伴に預かっていますが……フレンチトーストも、パンケーキも素晴らしい！　偶然とはいえ、ウワサのリュウの父上に逢えたのは幸運です」

「……噂？」

ジロリと睨みつけられて、明後日のほうへと視線を逃がした。父親の目は、「後で説明しやがれ」と語っていたが、気づかなかったふりをする。

ユーゴは、「ははは！」と声を上げて笑った。

「私が聞いたのは、リュウの父上がシングルで彼を育てられたということと……ああ、リュウにレシピを伝えた、見事な料理の腕を持つ女性が傍《そば》におられるということくらいです。少し話しただけで、アナタがリュウを育てた人物だと納得しました。サカエや仕事を抜きにして、じっくり話したいなぁ。今夜、どうですか？」

「……隆世がどんなことを話したのか知りませんが、これがそこまで気を許す人物は興味深い。お時間があるようでしたら、ぜひディナーの席を用意させていただきたい」

スケジュール調整と、店の予約を促すためか、高尾に目配せした父親に、ユーゴは「それなら！」と片手を挙げた。

「ああ、堅苦しいのはごめんです！　ジャパニーズ居酒屋、大好きです！　ホッケを肴《さかな》に、ポン酒か焼酎《しょうちゅう》をグーッと……」

「……冗談じゃないからな。この人、沢庵《たくあん》や鯵《あじ》の味醂《みりん》干し、竹輪《ちくわ》も好物なんだ。日本酒とか焼酎とかの品揃えがいい居酒屋に連れていったら、喜ぶ」

補足した隆世に、半信半疑の目をしていた高尾がうなずいた。スーツの懐からスマートフォンを取り出しながら、廊下に出て行く。

三人だけで残されると、ユーゴがテーブルに腕を置いて身を乗り出してきた。

「リュウは、グローバル企業の子息だったんだね。お行儀のいい理由が、わかった。このこと、レイは知ってる？」

「言ったことないから、マキシムが話してないなら知らないだろうな。あの人、履歴書をゴミになるからって突っ返してきたし」

「んー……レイらしいね。それ、身元確認なんてしなくてもいい、って信用しているんだよ。マックスも……もちろん、リュウのこともね」

「……そうかぁ？」

いつもの調子で話しかけてきたユーゴに釣られた隆世は、被っていた猫を脱ぎ捨ててしまった。

前触れなく後頭部を叩かれたことで、そういえば父親がいたのだと思い出す。

「親しそうじゃねーか。失礼な」

「いてぇなっ！　……俺だけが悪いんじゃないだろ。ユーゴにつられたんだっ」

「人のせいにすんなっ！」

もう一度、容赦なく後頭部を平手打ちされて、うう……と奥歯を噛んだ。悔しいが、正論なので言い返せない。

目を丸くして隆世と父親のやり取りを見ていたユーゴは、クスクスと肩を揺らしている。

「仲がいいですね」

「反抗期から抜けられないお子様なもので、失礼しました」

見苦しいところをお見せして、と今更ながら澄ました顔をする。

大人げない姿を見せたのは、主に自分より父親だと思うのだが……ユーゴは、笑みを絶やすことなく答えた。

「仲睦まじいやり取り、楽しいですよ。仕事から離れたら、私に対しても、もっと砕けてくださいネ。……ユタカ？」

ニッコリ笑いながら、仕事とは無関係の『飲み会』を希望すると主張された父親は、ふっと唇に笑みを浮かべる。

らしい。

どうやら、仕事モードを離れたユーゴがどんな気質の人間か、だいたいのところが読めたらしい。

隆世にしてみれば、恐ろしく厄介な二人組だ。彼らの宴席に引っ張り込まれないよう、もし誘われても全力で回避しようと心に決める。

間違いなく、割を食うのは自分だ。あまり考えたくないが、どうなるのか予想はつく。

「……了解」

薄っすらと性質のよろしくない笑みを浮かべた父親がそう答えたと同時に、ノックに続いて扉が開かれた。

席を外していた三人が、連れ立って戻ってくる。

「失礼しました、加賀社長。ええと……どこまでお話ししましたかな」

「いえ、お気になさらず。ひとまず、来月にはフランスの本社から担当者の方と、CEOもしくはCEO代理がいらっしゃるということですが」

「ああ、そうでした。その際には、製品についての改善も現段階より進んでいるはずですし、出資比率についてと……契約に関しては」

うなずいた坂江氏が話を続けようとしたところで、ユーゴが「スミマセン」と口を開く。

「話の途中に失礼。私は退席してもよろしいですか？　この後、一件大学での所用が控えていまして」

多少イントネーションが危ういところもあるが、見事な日本語だ。自分の同級生には、彼より遥かに『日本語が不自由な』日本人が多いと思う。

ハッとした顔になった坂江が、何度も首を上下させた。

「あっ、ええ。もちろん。お忙しい中、ありがとうございます」

「では」

立ち上がったユーゴは、父親と高尾に目配せを残して背中を向けた。どうやら、坂江に『宴会』の約束を知らせる気はないらしい。

引き抜きや密約を勘繰られることを、警戒している可能性もある。この二人にそんな意図はない……と思うが、大人の世界は色々と複雑なので、自分にはまだまだわからないものがある。

周囲からは大人びているように見られても、子供扱いするなと腹を立てても、実際に未成年で……世間的には『子供』なのだと、ことあるごとに痛感させられる。

悔しくても、今は父親の庇護《ひご》下にあって教えられることのほうが多くて、一足飛びではなく一歩ずつ大人に近づくことしかできない。

唇を引き結んでいる隆世に、父親が顔を向けてきた。

「隆世、おまえももう帰っていいぞ。ご苦労さん」

「……はい。それでは坂江支社長、僕は失礼します。お役に立てませんでしたが、同席させてくださりありがとうございました。勉強になりました」

許可が出たなら遠慮なく、とうなずいた隆世は、そそくさと立ち上がって坂江に頭を下げる。

「ロビーまでお送りします」

そう口にしながら先に立って扉に向かった高尾に続いて、廊下に出た。

廊下の壁に背中をつけていたユーゴが、無言で居住まいを正す。そのユーゴに歩み寄った高尾は、スマートフォンを示して小声で話しかけた。

「こちらですが……情報をお送りさせていただきます。十九時で大丈夫でしたか？」

「大丈夫。うん、駅の近くみたいだし……」

どうやら、ユーゴと父親の『宴会』についての打ち合わせをするため、高尾が席を外すとの口実に利用されてしまったらしい。

「じゃ、俺はこれで」

嘆息した隆世が二人の脇を通り抜けようとしたところで、グッと二の腕を掴まれる。

「待って、リュウ。お茶を一杯飲むくらいの時間は、あるでしょう？」

「レイのティータイムに遅れたら、文句を言われる」

「ロビーのカフェで、お茶を一杯だけ。ね？」

小首を傾げながら重ねて誘われてしまい、無下に突っぱねられなくなってしまった。なにより、高尾の目もある。

「お茶を一杯。……十五分でいいなら」

仕方がない。

わざとらしいかもしれないが、腕時計にチラリと視線を落としてうなずく。すると、ユーゴの顔がパッと輝いた。

「充分！　じゃ、行こう。タカオさん、ユタカによろしく。迷子になったら、お迎えに来てくださいネ！」

「夜は、私は同席しませんが、加賀にその旨を申し伝えておきます。隆世さん、お疲れ様でした」

「いえ……あ、親父に車借りたけど文句はないよなって、言っておいてください」

「了解しました。お二人とも、お気をつけて」

二人分の伝言を託された高尾は、苦笑を浮かべてうなずくと、深く腰を折る。子供の自分に対しても丁寧な態度で接してくるのは、昔から変わらない。

高尾に背中を向けた隆世は、ユーゴに「リュウ、早く」と急《せ》かされるまま、エレベーターへ向かった。

窓際の自然光が入る席に通されたことで、ユーゴの金髪が映える。外国人の姿は珍しくないホテルだが、ユーゴの際立った容姿はやはり目を惹《ひ》くようだ。老若男女問わず、つい……といった様子でこちらに目を向ける人が多い。

ロビーラウンジの利用者だけでなく、外の歩道を通りかかる人もガラス越しにこちらを見ている。

「……目立つな」

「なにが？」

「ユーゴ。あんたは注目されることに慣れているだろうから、気にならないのかもしれないけど」

「ん？　リュウも、目立つよ。っていうより、今は私たち二人が……かな。見事に対極な、クールガイの二人組」

「自分で言うなよ」

確かに、ユーゴは文句なしの『クールガイ』だが……外見的な理由だけでなく、肩を並べられる自信など皆無だ。

眉を顰めた隆世に、ユーゴは「ふふふ」と含み笑いを漏らす。

「ここにレイがいたら、もっと目を惹くね。ナイト二人に、お姫様。……レイは、きちんと起きた？」

お姫様、か。

本人には聞かせられない言葉だけれど、確かに、我儘《わがまま》ぶりと手のかかり具合はお姫様レベルだ。

「……起きた、というか苦労して起こしました。別人が寝てるのかと思って、ビックリしたけど」

ユーゴは、ベッドでの隆世と狭霧のやり取りを知らない。だから、変に動揺してはいけない……と、自分に言い聞かせて無難な言葉を返す。

抑えた声で答えた隆世に、ユーゴは手放しで笑った。

「あははは、やっぱりリュウは知らなかったんだ！　レイの化けの皮を剝《は》いだら、アレだってこと！」

化けの皮を剝ぐとは、妖怪扱いだ。

大仰でものすごい表現だと思ったけれど、否定はできなかった。確かに隆世は、それくらい驚愕《きょうがく》させられたのだから。

「黒髪に、黒い瞳……か。なんで、わざわざ手のかかる隠し方をしているんだ？」

本人にも言ったことだが、狭霧には黒髪と黒い瞳のほうが似合うと思う。

不思議なことに、ウィッグやカラーコンタクトレンズを装着していた時は、それが自然に見えていたけれど……手を加えなければ『ああ』なのだと知った今では、不自然さを感じてしまう。

「レイのあのスタイルは、私にも責任の一端があるから……なにも言えないかな。本人が話していないなら、私は黙っていよう」

意味深な言い回しだ。かえって気になる。

隆世がそう考えたのを見透かしたようなタイミングで、ユーゴが言葉を続けた。

「気になる？　私とレイが、どんなつき合いをしていたか……とか」

「ならない。俺には、関係ない」

即答した隆世に、ユーゴは目を細める。

用意していた答えを、機械的に読み上げたような反応になってしまった……と、自分でもそう思うのだから、ユーゴも違和感を覚えたに違いない。

「寝起きのレイは、可愛いよね」

「可愛くない」

ユーゴと視線を合わせることなく、淡々と言い返した。

まるで、あの場面を見られていたかのような居心地の悪さだ。

ポーカーフェイスを装っているつもりだけれど、コーヒーカップに伸ばした指先がかすかに震えている。

喉の奥になにかが詰まっているような気持ち悪さに、コーヒーを一気飲みして無理やり呑み込んだ。

「時間だ。レイのマンションに戻る」

これは逃げだと、わかっている。

ズルい自分に眉を寄せて、テーブルの隅に置かれている伝票に手を伸ばした。

「おっと、誘ったのは私だ。コーヒーくらい、ご馳走《ちそう》させてくれるかな」

「……俺が子供だと知ったから、特に……ですか」

今の発言は、卑屈かつ拗ねた子供のような響きだった。自覚しているだけに、ますます苦いものが込み上げてくる。

奥歯を噛んだ隆世に、ユーゴは微笑を浮かべる。

「下に見ているつもりではないよ」

「わかってます。すみません。……甘えます。ご馳走さまでした」

ふ……と息をついて、コーヒーの礼を口にする。

小さくうなずいたユーゴは、ソファタイプのイスから立ち上がった隆世を見上げて口を開いた。

「リュウ、レイは……実際の年齢より、ずっと子供だと思ったほうがいい。意地を張るから、こちらが折れて歩み寄ってあげないと平行線を辿《たど》るだけだよ」

「まぁ、年齢や見た目の印象より子供じみていることはわかります……が」

アドバイスのように聞こえる言葉の意味を、どう捉えればいいのだろう。

ほんの少し眉根を寄せて無言で見下ろす隆世に、ユーゴは笑みを深くする。

「ヒントはここまでにしよう。十八歳、か。若いっていいなぁ」

バカにされている空気はないけれど、子供扱いされていると感じたのは間違いではないはずだ。

隆世はなにも言えず、無言で頭を下げてユーゴに背中を向けた。

胸の奥がモヤモヤして、気持ち悪い。

すぐそこにある答えに、手が届きそうで……あとほんの少し、届かない。そんなもどかしさを抱えながら、早足で駐車場を目指した。

《八》

隙間なく閉められているドアの前に立ち、一つ深呼吸をしてから声をかけた。

「レイ。お茶の用意ができた」

応えは、十秒余り経ってから聞こえてくる。

「……五分後に行く」

「わかった。リビングテーブルに準備しておく」

今度は返事がなかったけれど、異論がないということだろうと踵を返した。

ブランチはキッチンカウンターで手早く済ませるが、十六時のティータイムはリビングソファで少しゆっくりと……というのが、いつものスタイルだ。

ブランチもティータイムも、一人を嫌う狭霧のために隆世が同席するのが習わしとなった。

今日も、二人分のティーセットをリビングテーブルにセッティングする。ユーゴがいれば、これが三人分になる。

ただ、フランスへの帰国が近いせいで忙しいらしく、ホテルのロビーで顔を合わせてからは姿を目にすることもない。

五分後という時間を見計らってティーポットに準備した紅茶をカップに注いでいると、足音もなく狭霧がリビングに入ってきた。

知られたからには取り繕っても無意味だと思ったのか、あの日から狭霧本来の姿だ。ただ……隆世にとってはこちらのほうが見慣れていないので、一瞬ドキリとする。

どうして、わざわざ手の込んだことをしてまで本来とは違う姿を装っていたのか、聞けないまま時間だけが流れている。

あの時のことを口にしたら、互いに思い出さずにいられないとわかっているので、不自然なほど目を背け続けている状態だ。

このまま『なかったこと』にしようと、そんな逃げ方を図るのは姑息《こそく》だと自分でも思う。難題が立ち塞がったからといって、コソコソ逃げるのは嫌いだ。

たとえ、今は逃げられたように思っても、再び同じ問題に出くわしたらやはり乗り越えられないだろう。

結局、逃げは解決にはなり得ない。

そこまでわかっていながら、自分から言い出せない。

どちらかと言えば、大胆な部類に入ると自負していた。自身にこんな、臆病《おくびょう》でズルい部分があるなど、知らなかった。

「希望、聞かなかったけど……スコーンだからアールグレイにした」

「それでいい」

風味を楽しみたいケーキ類だとダージリンかセイロンだが、シンプルなお菓子の時はアールグレイ。気分によって、ミルクを少々加える。

狭霧の好みはすっかり把握しているのに、狭霧自身については未だによくわからない部分が多数残っている。

大学の入学式も終わり、現在は履修プログラムを組んでいるところだ。来週には、ここへ今のような通い方をすることはできなくなる。

そのことを、狭霧には言い出せないままだ。

「……どうぞ。因《ちな》みに、コンフィチュールはこれがチェリーで、こっちは、せとかという日本生まれのオレンジらしい。あとミルクジャム」

「ん」

那智から、試作品だと渡された小さな瓶に入っているコンフィチュールの説明をすると、狭霧はこくりとうなずいて軽く温めたスコーンを手に持った。

隆世と目を合わせることもなく、スプーンで掬《すく》ったコンフィチュールをスコーンに乗せて齧りつく。

「あ……美味しい」

思わず、といった雰囲気のつぶやきを漏らす。目を見開いて顔を上げたことで、数日ぶりに視線が絡んだ。

黒い瞳の狭霧は、やはり見慣れない。でも、こちらのほうが綺麗だと告げたのは嘘ではないし、今もそう感じる。

隆世が目を逸らそうとしないせいか、狭霧はゆるく眉を寄せてぎくしゃくと視線を落とした。

所在なさを誤魔化すように、ティーカップに手を伸ばして紅茶を含む。口をつけた直後、眉間の皺を深くしてカップをソーサーに戻した。

「熱い」

「……淹れたばかりだからな」

幼い子供のような、途方に暮れた響きで苦情をつぶやいた狭霧に、思わず謝りそうになってしまった。

子供じゃあるまいし、湯気を立てている紅茶を不用意に飲もうとしたほうに問題があるだろうと、ギリギリのところで「ごめん」を呑み込む。

「舌、火傷《やけど》していないか？」

「たぶん」

ふっと息をついた狭霧は、テーブルに視線をさ迷わせて……動きを止めた。

なんだ？　一点を凝視したまま、動かなくなってしまった。

そこになにがある？　と疑問に思った隆世は、怪訝な面持ちで狭霧の視線を辿る。

狭霧の目を釘付《くぎづ》けにしているのは、テレビのリモコン……いや、その下敷きになっているもののようだ。

「もしかして、ユーゴの……だよな」

二人分の視線の先には、エンジ色のカバーに金の模様と『PASSEPORT』の文字が入った冊子状のものが、無防備極まりない状態で置かれていた。

彼らしいと言えば、彼らしいのだが。

苦笑してつぶやいた隆世とは違い、絶句している狭霧は顔色までなくしている。

この人がそんな、普通の人のような反応をしていることに驚いた……と言えば、失礼だろうか。

ただ、パスポートを凝視した状態であまりにも長い時間固まっているので、不安が込み上げてくる。

「レイ？　そんなに驚いたのか？」

そろりと声をかけた隆世に、無表情で顔を向けた。先ほどとは違い、感情の窺えない人形じみた空気を纏っている。

本当にどうしたのだと質問を重ねるより早く、口を開いた。

「……ユーゴ、夕方の便でフランスに帰るはずだが」

「は……あ？　嘘だろっ！　夕方って、まさか今日のっっ？」

とんでもないセリフにギョッと目を剝いた隆世に反して、最初の衝撃から立ち直ったのか……狭霧は淡々と答えた。

「今日の夕方だ。嘘をつく理由がない」

「でも、パスポート……っ」

「忘れ物、か？」

のんき気な口調で、忘れ物と言えるようなモノではないだろう。たとえ航空券を忘れたとしても、それだけは忘れてはいけないもののはずだ。

今度は、隆世が絶句する番だった。

狭霧も隆世も、同じものを凝視したまま微動もしない。なんとも形容しがたい空気の中、電話の音が鳴り響いた。

□□□

「だいたい、なんで……っ帰国する日を事前に予告してない、んだよっ」

「ユーゴが、話していると……思ってた」

「聞いてね……っ」

幸いなことに、成田空港は年に数回は利用している。出国ゲートの場所も把握しているので、案内表示を見ることなく辿り着ける。

ただ、平日の午後でもロビーは混み合っていて、人にぶつからないよう小走りでフロアを横切るのは容易ではない。

狭霧を一人で来させていたら、ほぼ間違いなく間に合わなかっただろう。

目的の人物は、息を切って駆け寄った隆世と狭霧に朗らかな笑みを向けてきた。

「レイ、リュウ！　こっちだ。ありがとー。助かったよ」

「た、助かった……って、あんたな……ッ」

人を焦らせておいて、いつもと変わらない調子で話しかけてくるユーゴに、殺気立った目を向ける。

文句をぶつけてやりたいのに、息を整えるのがやっとで言葉が出ない。

膝に手をついた隆世がゼイゼイと肩を上下させていると、笑いながらポンポン軽く背中を叩いてきた。

「いや、申し訳ない。つい、うっかり」

「つい……うっかりぃ？　帰国も、聞いてなかったんですがっっ」

「あれ？　レイから聞いてない？」

脱力してしまった。

狭霧はユーゴが。ユーゴは狭霧が。互いに互いが、隆世に話していると思い込んでいたということか。

妙なところで意気投合しやがって……と、憤るよりも『類は友を呼ぶ』という言葉が頭を過る。

気が合っている本人たちはいいかもしれないが、こうして割を食う隆世にとっては迷惑極まりない。

大きく息をつき、曲げていた腰を伸ばした。

「本当に、帰るのか……？」

帰国を知らされたのがあまりにも唐突だったせいで、実感がない。グリーンの瞳と視線を合わせて尋ねると、ユーゴは「うん」とうなずいた。

「淋《さび》しそうな顔しなくても、また来るよ」

「……もう来るな」

隆世の隣に立つ狭霧が、ボソッと口にする。ふと視線を落としたユーゴは、笑みを浮かべて足を踏み出した。

なにをする気か見ている隆世の目前で、狭霧を腕の中に抱き込む。

「やっぱりカワイイなぁ、レイ」

狭霧を抱き締めるユーゴ、逃れようとせず身を預ける狭霧。

目の前の光景に、ムカムカと……身体の奥底から不快感が湧き上がる。そうして苛立つ自分に、更に焦燥感《しょうそう》のようなものが募り、どんどん悪循環に陥る。

「……このままフランスに連れて行っちゃおうか。ねぇ、リュウ？」

「ッ、なんで俺に聞くんですか。本人と相談したらいいっ」

低く吐き捨てて顔を背けたけれど、無視しきれなくなって目を向ける。すると、ユーゴとまともに視線が絡んでしまった。

「リュウ、顔が引き攣っているよ？　せっかくのオトコマエなのに、もったいない。ホントは……気になるんだよね？」

意味深な表情で、こちらの心の奥を探るような言い方をされる。しかも、狭霧は自分のものだと言わんばかりの仕草で背中を抱きながら……。

「なにが言いたいんだよっ。ガイジンのくせに、回りくどい言い回しをするな！」

我慢の限界が来て、不安定なトランプタワーが崩《くず》れるように、積もりに積もった鬱積《うっせき》が一気に噴き出した。

考えるより先に、口をついて言葉が出る。ついでに手も出てしまい、ユーゴが来ているジャケットの襟元を摑んだ。

そうして、憤り任せを装って狭霧とユーゴを引き離したのだと、二人に気づかれただろうか。

「あ、ガイジンって差別発言」

「……悪かった。申し訳ありません」

シレッとした顔で不用意な発言を指摘され、反射的に謝罪する。隆世と目を合わせたユーゴは、予想外なことに「ふふふ」と楽しそうな笑みを浮かべた。

自分を逆上させて、楽しんでいる。一人だけ感情のボルテージを上げているのだと突きつけられ、打ちのめされた気分になった。

子供じみていることを……嫌というほど思い知らされる。

「リュウ、私のことが気に入らない？」

「……そういうわけじゃない」

「ははは、言葉と顔がチグハグだよ。そんなリュウが……たまらなくカワイイなぁ」

「っ⁉」

ガシッと両手で頭を摑まれる。端整な顔が寄せられて、頭突きされるのかと反射的に目を閉じた。

けれど、覚悟していた衝撃は訪れることなく……やんわりとしたぬくもりが唇に触れる。

なんだ？　まさかと思うが……キス……。

自分の身に起こっているコトに気づいたのと同時に襲ってきたダメージは、肉体的なものではなく精神的なモノだった。

硬直する隆世の腕を、脇から強く引いてくれる存在がなければ、更に恐ろしい事態に陥っていたかもしれない。

「ユーゴッ。隆世も、嫌がれっ」

両手で襟元を摑まれて、身体を揺さぶられる。どうして被害者の自分が怒られるのだろうと、ぼんやり考えながら睨み上げてくる狭霧を見下ろした。

「……嫌、というか……呆気に取られて」

つぶやいた途端、摑まれていた襟元を解放される。一つ息をついた狭霧は、ユーゴに向けて苦情をぶつける。

「どさくさに紛れて、卑怯だっ」

「レイが、色々と邪魔するから……嫌がらせを兼ねて。思ったより簡単にリュウとキスできたな」

「だから、なんなんだよっ」

ユーゴのキスという、地雷を踏みつけたような衝撃から立ち直った隆世は、無意識に手の甲で口元を拭いながら二人の会話に割り込んだ。

「むむ、ショックだ」

隆世の仕草を見咎《みとが》めたユーゴは悲しそうに首を左右に振ったが、騙《だま》されるものか。狭霧に視線を移すと、目が合う前に唇を噛んで顔を背けた。

頑なな横顔が、隆世としゃべる気がないことを示している。

それなら、やはりユーゴだ。

「二人して、素直じゃないなぁ。おかげで私は退屈しなかったケド。リュウのご飯は美味しかったし、思いがけず楽しい毎日だった。……でも、人の人生は無限にあるわけじゃない。せっかくの限られた時間を、無駄に過ごすのは馬鹿《ばか》げていると思わない？」

「意味が……わからないんだけど」

突然、人生観を語られても戸惑うばかりだ。

眉を顰めた隆世に、ユーゴは微笑を滲ませて言葉を続ける。

「そうして目を背けても、進展しないよ。ホントに、もったいない二人だなぁ。ご飯のお礼に、私が少しだけ背中を押してあげよう」

「ユーゴ……？　余計なこと、言う気じゃ」

「余計じゃないだろ。欲しいものがすぐ傍にあるのに、我慢して脇から掻《か》っ攫《さら》われるのを待つのが趣味だっていうなら、それはそれでいいケドね」

そこで言葉を切ったユーゴは、笑みを深くして隆世に向き直る。思わず身構えた隆世が足を後ろに引いたところで、ドンと脇からの衝撃を感じた。

なにかと思えば、狭霧が……しがみついてきている？

「素直は美徳だ。さて、そろそろ出国ゲートをくぐるかな。今度は、二人でフランスへおいで。リュウ、ユタカによろしく伝えておいてね」

「はぁ……」

間抜けな受け応えをした隆世に、笑って手を振る。振り返ることなく人混みに紛れる達者な日本語を操るフランス人を、唖然と見送った。

狭霧は……しがみついているままだ。

隆世からは頭しか見えないので、どんな顔をしているのか……なにを考えているのかも、窺い知れない。

ふと、周囲を行き交う雑踏の賑《にぎ》わいと、様々な国の言語で流されているアナウンスが耳に入った。

今まで気にならなかったが、ここは空港のロビーで衆人環視の場だ。

ただ幸いなことに、国際色豊かで、あちこちで抱き合ったり挨拶のキスが交わされたりしている。

そんな中、誰も自分たちなど気にしていないと頭ではわかっていても、一度意識してしまえば開き直りきることができない。

「あのさ、マンションに帰らないか？」

ポンポンと狭霧の背中を叩き、場所を移動しようと促す。

しばらく待っても、狭霧からの返事はない。

「……レイ?」

名前を呼んでも、顔を上げることさえなかったけれど、強くしがみついていた手から少し力が抜ける。

「ん」

一拍置いて、かすかに頭を上下させた。

遠慮がちに髪に触れても、拒絶の言葉はない。嫌がる様子もなく、胸の内側がじわじわと熱くなる。

引き剝がすようにして狭霧の頭から目を逸らした隆世は、タクシー乗り場は……と視線をさ迷わせた。

《九》

沈黙による息苦しさは、奇妙な甘さを孕《はら》んでいた。

リビングのソファに腰かけている狭霧は、膝の上でギュッと両手を握り締めたまま置物のように固まっている。

そのすぐ脇に立っている隆世は、バタバタとマンションを飛び出したせいでティータイムの途中だったテーブルをチラリと見遣り、吐息をついた。

とりあえず、ここを片づけるべきか……と、ティーカップやコンフィチュールの小瓶をトレイに乗せていく。

洗うのは後回しにしてキッチンカウンターの上にトレイを置き、ソファのところに戻っても、狭霧はさっき見た時と同じ体勢だった。息もしていないのではないかと、怖くなるほど動いた形跡がない。

「……レイ」

短く呼びかけると、ビクッと肩を震わせた。わずかながらでも、自分の声に反応してくれたことでホッとする。

「空港の話の、続きだ。黙り込んで、なかったことにしようとするのはズルい」

「……なにが聞きたい」

無愛想としか言いようのない硬い声で、ボソッと返してくる。

これは居直ったんだな、とため息をついた。

「空港では、可愛かったのに。ユーゴも、素直は美徳だって言っただろ」

言葉もなくしがみついてくる狭霧は、可愛らしいとしか言いようがなかった。あれは、願望が見せた幻か？

そう思った隆世がポツリと零した途端、勢いよく顔を上げて睨みつけてきた。

「ユーゴ……そうだっ。隆世！　大人しく、ユーゴにキスさせていたな。割って入って、邪魔したか？」

「はぁっ？　なんで、そうなる。どう見ても、不意打ちの騙し討ちだろう。俺は、ただの被害者だ」

一部始終を傍らで見ていたくせに、どうして自分が責められなければならない。理不尽極まりない。

憤る隆世に、狭霧は険しい表情のまま言葉を続けた。

「ユーゴは、隆世を隙あらば手籠《てご》めにしようと企《たくら》んでいたんだからなっ。僕がアイツの気を逸らしてなければ、今頃どうなっていたか。露骨にベタベタされていながら、本当に気づいていなかったのなら……鈍感なバカだ」

最後の一言は、薄い笑みを浮かべて嘲《あざけ》る調子で付け加えられた。

黙って聞いていた隆世がヒクッと頬を引き攣らせたのは、狭霧の表情が憎たらしかったことだけが原因ではない。

「……どうやら俺は、その『鈍感なバカ』みたいだな。冗談じゃないのなら、というのが前提だが」

悪趣味な冗談だと決めつけたいところだが、幸か不幸か、狭霧はこの手の冗談を口にして隆世をからかう性格ではないと知っている。

案の定、『冗談』という言葉に、眦《まなじり》をきつくして睨みつけてきた。

「冗談でこんなことが言えるかっ！　……本当に、わかっていなかったのか？」

「ああ。どちらかと言えば、レイとユーゴのあいだを疑っていた。過去、恋人関係だったんだろう？　レイがタイプなら、俺なんか対象外だ。疑いもしなくて当然だと思うけど」

今でも、狭霧の思い違いか……ユーゴに言葉巧みに言いくるめられて、悪趣味なからかい方をされているのではないかと疑っている。

だいたい、露骨にベタベタされておいて気づかないのかと責める口調で言われても、あちらの人はスキンシップ過多だと決めてかかっているので、警戒心など持つわけがない。

信じ切っていない、難しい顔をしているだろう隆世に、狭霧はますます眦を吊り上げた。

「日本オタクだって公言していたのは、知ってるだろ！　隆世は大和撫子ではないかもしれないが、日本男児だ」

「……どれだけ趣味の幅が広いんだよ」

もう、呆然とつぶやくので精いっぱいだった。隆世の脳裏に浮かんだユーゴは、大口を開けて愉快そうに笑っている。

意気投合して夜の繁華街に繰り出したらしい二人のあいだに、ナニゴトもなかったと信じたいが、自分がその対象だとしたら……似通っている父親も、彼の守備範囲だったのではないだろうか。

改めて、ありとあらゆる意味で恐ろしい人間だと青褪《あおざ》める。

「大和撫子……か。ここのところ、頻繁にその単語を聞いたり言ったりしているな。今のレイは、そう表現しても差し障りない感じだけど？　ウィッグと、カラーコンタクトの理由はなんだった？」

ユーゴが自分を……という恐ろしいことはこの際脇に置いておくとして、最大の疑問と謎が残っている。

ユーゴは、意味深に笑って「レイに聞け」と言うだけで、ロクなヒントもくれなかったのだ。

自分にも要因がある、と匂わせるだけ匂わせておいて……。

素のままの黒髪に指先で触れると、狭霧は顔を背けて隆世の手を振り払った。

「この際、全部吐き出せよ」

「………」

「レーイ。……お願いだから、話してください」

意図して下手に出ると、かすかに唇を震わせて……小声で話し始めた。コツさえ摑めば、これまで思っていたほど面倒な人ではないようだと、本人に言えば逆上されそうなことを考える。

「コンプレックス、なんだ」

「うん？　なんの？」

「大和撫子コンプレックス。名前が、こうだろう。で、外見の印象も東洋系だ。すると、ユーゴみたいな手合いが寄ってくる。変な期待をして、勝手にイメージを作り上げて……僕の本質を知れば、期待外れだと落胆して幻滅する。一番露骨だったのは、ユーゴだが。散々まとわりついて、その気にさせておいて……友人としてつき合うには最高だ、なんて。あの頃の僕は十代で、純情な子供だったのに」

しゃべりながらその頃のことを思い出したのか、頰を紅潮させて唇を嚙む。

十代の狭霧、か。

今がこうなので、さぞ可愛らしかったに違いない。特に、西洋系が大半を占めるようなところだと、際立つ存在だっただろうと想像に難くない。

「それがトラウマになって……あの変装か」

「昔の僕を知らない人間の前に出る時だけだけど。内面に外見を合わせたほうが、勝手なイメージを抱《いだ》かれない」

「ハリネズミの棘《とげ》みたいなものか」

馬鹿らしい。自意識過剰だ。他人の目など気にせず、自分は自分だと堂々としていればいいのに。

そう、笑うことはできなかった。

フランスという国で、狭霧が子供の頃からどんな思いをしてきたのか、隆世は想像することしかできないのだ。あの国は移民の多い多民族国家だが、だからこそ様々なことがあったに違いない。

うつむいた狭霧は、ポツンとつぶやいた。

「隆世も……大和撫子と正反対だって言った」

途方に暮れたような、弱い声だった。

責めるでもなく、隆世の耳まで届いていなければそれはそれでいいのだと……あきらめを含む一言だ。

じわっと湧き起こったものは、もうわからないとは言えない。目を逸らすことができないほど、胸の内いっぱいに膨れ上がる。

言葉で言い表せない、このくすぐったいような気恥ずかしさの正体は……『愛《いと》しさ』だ。

「知り合ってすぐの、よく知らない段階だったんだから仕方ないだろう。ツンケンと突っかかってくるし、無遠慮で辛辣《しんらつ》なものの言い方をするし……俺じゃなくても、可愛げがないって捉えて当然だ」

「それはっ……ぅ」

申し訳ないが、手を伸ばして口を塞がせてもらう。

「悪い。あんたがしゃべれば、売り言葉に買い言葉で俺も大人げない発言を連発することになる。少し黙っててくれ」

当然、狭霧は恨みがましい目で睨みつけてきたけれど、隆世の手から逃れようとはしなかった。きっと狭霧自身も、物理的に塞がれなければ自分が余計なコトを口にしてしまうと自覚しているのだ。

「過去形だよ。いつまでも、第一印象を引きずるわけがないだろう。誰もがイメージする大和撫子かって聞かれれば『oui』とはうなずけないけど、俺にとっては可愛い存在だ。あんた、自覚しているよりずっと可愛い性格しているよ」

「……っっ！」

可愛いと告げた隆世に、狭霧は目を瞠って驚きを露《あら》わにした。口元を覆う手のひらに、なにか言いかけて叶《かな》わなかった動きが伝わってくる。
「大和撫子コンプレックスなんか、俺が忘れさせてやる。誰より大事にするし、ユーゴより
いい男になるよう頑張るから……恋人にしてください」
一気にそう言い放つと、返事を求めるために狭霧の口元を覆っていた手を離した。
狭霧は、頬を紅潮させて言い返してくる。
「おまえっ、日本人のくせに……そんな。日本人は、奥ゆかしいんじゃないのかっ？」
そういうことを、顔を真っ赤にして口にするから『可愛い』のだと、狭霧自身は自覚して
いないに違いない。
隆世にしても、照れがないわけではない。
でも、肝心なところで意地を張って、手を伸ばせば届く場所にある大切なものをわざわざ
自分で蹴りつけるなど……愚の骨頂だ。
だから、ふてぶてしいと自分でも感じる態度で言い返す。
「偏見。つーか、勝手なイメージだ。大和撫子コンプレックスなんて馬鹿らしいって、気づ
いたか？」
「あ……」
表面だけで判断されることに、ビクビクして……卑屈になる必要などない。外見だけ無理
やり変えても、無意味だ。

内面を知れば、外側からのみの印象などどれだけいい加減なものか、思い知ることができるはずだ。

「で、返事は？　レイは、俺のことをどう思う？」

恥ずかしい告白をしたのだから、きちんと返事を聞かせてもらわなければならない。

そう思って返事を促すと、狭霧は迷いを捨てきれないと伝わってくる目で、隆世を見上げてきた。

「僕は、大和撫子じゃないし……ユーマとは正反対だけど、いいのか？」

不意打ちで狭霧の口から出た佑真の名前に、ギョッとした。

とんでもない爆弾を落とした狭霧は、隆世の反応を見逃さないとでも言わんばかりに、ジッとこちらを見上げている。

「俺、佑真がどうとか……あんたに話したか？」

記憶を探っても、曖昧だ。

名前を聞かせたことが、あるような……ないような。いや、やはり佑真について狭霧に話したことなど、ないはず。

あからさまに落ち着かない空気を纏っているだろう隆世に、狭霧は笑うでも不快感を示すでもなく、ポツポツと種明かしを始める。

「カフェで、好きだって……言ってた。いつだったかな……三月の、真ん中くらいか？　大学に用があって電車に乗ったんだが、気分が悪くなって、休憩のために入ったカフェで偶然後ろの席にいた。隆世は、隣にいたユーマしか見てなかっただろうけど。恋人になれなくても、ユーマのこと、好きでいる……って」

しかも、みっともなくフラれるところを目撃されていたのだと聞かされて、頭を抱えたくなる。

よりによって、あの日……あのカフェで居合わせていたなど、恐ろしい偶然だ。

「あー……あそこに、いたのか。そんなので、よく俺だってわかったな」

周りを気にかけていなかった隆世には、狭霧の記憶は皆無だ。顔を突き合わせて話したわけでもないのに、チラリと見かけただけでよく憶えていたものだと、気まずさと共に感心してしまう。

他人に対しては、無頓着《むとんちゃく》というか無関心な人だとばかり思っていた。

そう尋ねた隆世に、狭霧は少しだけ躊躇いながら返してくる。

「それは……隆世は、目立ってたから。恥ずかしがることもなく、堂々とした態度で真っ直《す》ぐ好きだって言われるユーマが、少し……ほんの少しだけ、羨《うらや》ましかった。忘れられないくらい強烈に記憶に残っていたから、隆世がここを訪ねてきた時は……驚いた」

不本意ながら、首から上が熱くなった。

この人は、今、自分がものすごく情熱的に、一目惚《ぼ》れしたと本人に告げたも同然だと……

気づいていないに違いない。

完全に、こちらの負けだ。

大きく息をついた隆世は、こうなれば佑真のことを誤魔化そうとしても無様なだけだと腹を括《くく》り、狭霧を真っ直ぐ見据《みす》える。

「ほんの少し前、別の相手に告白していたくせに……って、不誠実だとは思わないか？」

あの場面を知られているとしたら、もう心変わりかと、告白をまともに受け取ってもらえないかもしれない。

今でも、佑真は好きだ。それは誰にも隠す気はないし、この先も彼は自分の中で特別な存在であり続けると思う。

でも、こうして狭霧を前にすると、愛しさの種類が違うのだと……自分でも説明のつかない想いが、次から次へと湧き上がってくる。

狭霧の返答を待つ時間が、怖かった。こんな感覚は、初めてだ。

「僕を好きだと言った。それは、嘘じゃないんだろう？」

隆世と目を合わせた狭霧は、静かに聞き返してくる。

変な計算のない、子供のように真っ直ぐな眼差《まなざ》しは清廉《せいれん》で、装飾のない言葉は狭霧らしかった。

「もちろん。佑真とレイは、ぜんぜん違う『好き』だ。納得できるように説明しろと言われても、……うまくできないけど」

「だったら、それでいい。うん。よく考えたら……ユーマと正反対な性格だから、よかったかもしれない。隆世が、外見だけでなく……中身を見てくれたのだと、信じられる」

ふっと笑みを浮かべて、自分の言葉にうなずく。

その綺麗な笑顔を目にしたと同時に、隆世は衝動的に両腕を伸ばして狭霧を抱き締めた。

正反対なのに本当に自分でいいのかと卑屈になるのではなく、黒髪で背格好も似ているのだから身代わりにするのではないかと、疑うのでもない。

周囲や過去は関係なく、隆世と自分。

今、大切なことはなにか……子供のような純真さで、隆世に教えてくれる。

狭霧は、まるで嵐だ。

これまでの隆世を根底からひっくり返して、かき混ぜて、すっかり新しく入れ換えてしまった。

「言ってよ」

腕の中で動こうとしない狭霧に、ポツリと懇願する。肩を強張《こわば》らせていた狭霧は、戸惑いがちに聞き返してきた。

「……な、なに?」

「レイは、俺のこと……」

重ねて尋ねようとしたけれど、言葉の続きを呑み込んでしまう。

言えと促して、……言わせて、それで満足か？　と頭に過ったのだ。くだらないプライドだとは、わかっているが。

抱き込んでいるのだから、顔は見られていない。隆世の葛藤《かっとう》は勘付かれなかったはずなのに、狭霧はそっと背中に腕を回してきた。

少し間が空いて、胸元からくぐもった声が聞こえてくる。

「好き……だよ。僕は、最初から好きだった。僕のほうが、先だ」

偉そうに言い放ったようでいながら、その声は気恥ずかしそうに揺らいでいる。

こんなふうに告白されて、可愛くないわけがない。

「──負けた。俺は、最初っからあんたに負けっぱなしだ」

首から上が熱い。きっと、顔が真っ赤になっている。

どんな場面も、ポーカーフェイスでそつなくこなす自信がある。なのに、こんなふうに赤面させられるのは、この人だけだ。

「隆世」

狭霧は、不思議そうな声で名前を呼びながら、そろりと顔を上げる。至近距離で視線が絡み、吸い寄せられるように唇を触れ合わせた。

狭霧はビクッと小さく身体を震わせたけれど、躊躇いがちにシャツの背中を握ってくる。

強気なようでいて、繊細で……甘え下手。

カーッと、身体の奥から熱い奔流《ほんりゅう》が押し寄せてくる。理性で抑え込めない衝動など、これまで知らなかった。

隆世自身も戸惑い、狭霧の肩を摑んで勢いよく引き離す。

「え、隆世……?」

突如突き離されたせいか、狭霧は頼りない声で名前を呼んできた。顔を見ることはできなくて、足元に視線を落としたまま早口で語る。

「悪い。なんか、俺……今、理性が働かないみたいだ。レイが一番嫌ってた、『襲う人間』になりそうだから……ごめん。帰る」

獣じみた衝動と必死で戦う自分は、どんな表情をしているのだろう。わからなくて、怖かった。

無様だ。こんなにみっともない姿、誰にも見せたことがない。

逃げたい。今すぐ出て行こうと、狭霧に背中を向けた直後、シャツの袖口を強く引っ張られた。

「レイっ、離せよ!　頼むから……っ」

「離してやらないっ。僕は、いきなり襲ってくる人間は嫌いだけど、その気になっている恋人を放置して逃げ帰ろうとする人間はもっと嫌いだっ。嫌だなんて、一言も言ってない……

のに」

「……っそ、れは」

振り向いた隆世の目に映ったのは、真っ黒な狭霧の髪だった。隆世が向き直ったことがわかったのか、ゆっくりと顔を上げる。

漆黒の瞳が潤み、頼りなげに視線を揺らがせていた。

ここで逃げようとしたら、男の風上にも置けない最悪の甲斐性《かいしょう》なしだ。ヘタレなどと、ソフトな言い回しでは言い表せない。

「俺、調子に乗るけど……いいの？」

「いい。僕が、許す」

偉そうに言い返してきたくせに、隆世のシャツの袖口を摑んでいる手は小刻みに震えていて……堪《たま》らない気分になった。

大きく息をつき、再び抱き寄せる。

ビクッと身を硬くした狭霧は、少しずつ肩の力を抜いて隆世に身体を預けてきた。

こんなに可愛い人、他に知らない。好みじゃないなどと言い放ったあの日の自分を、殴りつけたい。

「好きだよ、レイ」

喉元まで込み上げていた『ごめん』の代わりに、想いを込めて『好き』を告げる。きっと、こちらの言葉の選択が正しいはずだ。

狭霧は、小さくうなずいて強く抱きついてきた。


カーテンを閉めても、まだ沈み切っていない太陽は完全に遮ることができない。仄かな薄明かりに、白い肌が浮かび上がっている。

誰かに触れるのに、これほど緊張するのは初めてだった。

「レイ、脚……こっち」

「わ、わかってる。……ぁ」

わかっていると言いながら、隆世が膝を摑むと筋肉を強張らせる。明らかに物慣れない様子に、首を捻りそうになるのをなんとか堪《こら》えた。

マキシムは『魔性の人』などと言っていたし、『デリヘル』関係者をひっきりなしに呼び寄せていて……極め付けは、ユーゴだ。

口に出せば野暮《やぼ》になるので、この場で狭霧に問い質《ただ》すことはできないけれど、なにも知らない子供に悪いコトをしているみたいだ。

素肌に手を滑らせるたびにビクビクされると、妙な気分になる。

「っ！」

胸元から下腹に向かって撫《な》で下ろし、腿《もも》の内側に手のひらを押しつけた途端、ビクッと大きく脚を跳ね上げさせた。

さすがに手を止めて、狭霧の顔を確かめる。

隆世がそうして見ていることに、気づいていないはずだ。……難しい表情で、ギュッと目を閉じているのだから。

「あのさ、気が乗らないなら」

やめようか、と。

今ならまだ、なんとかなるかもしれない……と続けようとしたけれど、狭霧はハッキリと頭を左右に振る。

「勝手に決めるなっ。その気だ。……ちょっと久し振りに他人と接触するから、落ち着かないだけ……で」

「それなら、いいけど」

上ずった声の狭霧は、かなり無理をして強がっていることは間違いない。それに、久し振りに他人と接触する……？

疑問は深まっただけだが、隆世はあえて口にすることなく喉の奥に押し戻した。

本人が許可してくれたのだ。大人ぶって、改めて仕切り直そうなどと引き下がってあげられない。

もう言葉はなく、狭霧の脚のあいだに自分の身体を割り込ませた。

無用の圧迫感を与えることなく……でも、逃げられないように手足を絡ませて、ベッドに押さえつける。

「ッ、ぅ……」

「あのさ、声、聞かせてくれたほうが嬉しいんだけど」

「わっ、わか……た。けど、指図するなっ」

可愛げがないのに、可愛い。

複雑な心境で、唇に仄かな笑みを浮かべる。

ただ、笑っていることを狭霧に知られたら間違いなく拗ねられてしまうので、即座に笑みを消した。

「俺、たぶん……加減ができない。無茶したら、ごめん。あとで苦情を受けつける」

余裕を保つことはできそうにない。そう予告した隆世に、両手を伸ばして首に巻きつかせてくる。

「好きにしていい。僕は、……僕も、どうなるかわからないし。……あとで、怒るかもしれないけど」

正直な一言に、今度は堪えきれず苦笑してしまった。

先ほど思い浮かんだ、『可愛げがない』を訂正しなければならない。やはり、純粋に可愛い人だ。

「笑ったな、隆世」

「レイが……可愛いから」

「ッ……んんっ」

思うがまま口にして、反論されないよう照れ隠しを兼ねて狭霧の唇を塞ぐ。

縮こまっている舌を探り、絡みつかせて……誘い出す。濃密な口づけで意識を逸らしながら、開かせた脚の奥に指を滑らせた。

「ぅ……ン」

震えていることに気づかないふりをして、指先に神経を集中させる。

怖がらせたらいけない。焦って、傷つけたくもない。でも……急いた気分が、触れる手にそのまま出てしまう。

緊張が抜けきっていないことがわかっていながら、指先を後孔《こうこう》へと潜り込ませた。

「ン、ッ……ぁ」

身体を強張らせた狭霧が、奥歯を噛み締めたのがわかる。なんとか落ち着こうと、深く息をついて口を開きかけた。

「ごめ」

「謝るなっ。僕が、望んでいるんだ」

強い口調で謝罪を遮られる。

薄明かりに照らし出された狭霧は、挑むような目で隆世を見上げていた。

「気遣う余裕が、まだあるのか？　全部、僕に見せろ……よ」

「バカだ、レイ。どうなっても、知らないからなっ」

「……ぁ。ど……にでも、したらい……い」

それだけ口にした狭霧に頭を引き寄せられて、唇を重ねられる。ギリギリのところで繋《つな》ぎ止めていた、最後の理性を手放した。

挑発したのは、狭霧のほうだ。

獣じみた衝動に自分でも怖くなったけれど、もう抑え込めそうにない。

「つくしょ」

睦言《むつごと》というにはあまりにも場違いな一言を漏らし、狭霧の脚を押し開いた。グッと奥歯を噛み、拓《ひら》き切っていないことを承知で身を沈める。

「ッ……っは、ぁ！　ぁ……ッッ、ン」

隆世の肩を摑む狭霧の手が、震えている。

苦痛を感じていないわけがないのに、嫌だとか止めろとか、拒絶を示す言葉は一言も漏らさない。

必死で力を抜こうと浅く息を繰り返し、自分を受け入れようとしているのだと伝わってくる。

息苦しいほど愛しくて、可愛くて……なのに、傷つけてでも貪《むさぼ》りつくしたいと、矛盾する衝動に混乱する。

「っ、俺……な、んでこんな……ッ」

狭霧の頭の脇でグッと手を握り締めて、強く唇を噛む。険しい表情になっているはずの隆世を、目を潤《うる》ませた狭霧は真っ直ぐに見詰めてきた。

肩から手を離すと、そっと髪を撫でてきて驚きに目を瞠る。

「大丈夫……だから。泣きそうな顔、するな。好き、好……きだよ。だから、ッ……僕は、だいじょ……ぶ」

「レイ……ッ」

泣きそうなのはそっちだろうと、言い返すことはできなくて。

絞り出すように名前を口にするので、やっとだった。

さっきより、また愛しさが増している。一秒ずつ、想いが育って……どんどん膨れ上がっていく。

好きだ、と。可愛い……と。

数え切れないくらい繰り返しながら、息苦しいほど甘い熱に溺《おぼ》れた。

□□□

狭霧は、ぐったりと手足を投げ出して、ピクリとも動かない。

瞼《まぶた》を開く余力さえないのか、身体を拭《ふ》いてパジャマを着せるあいだも、完全に隆世の手に身を預けていた。

きっと、苦情をぶつけてくるのは……一眠りして、わずかでも体力が回復してからになる。

夕食を食べそびれていることだし、一番のお気に入りらしいフレンチトーストで機嫌を取ることはできるだろうか。

ベッドに横たわる狭霧の脇に身を滑り込ませると、ぬくもりを求める猫のように胸元へ頭を寄せてきた。

無防備としか言いようのない姿に、複雑な気分で小さくつぶやく。

「どれだけの人間に、こんな姿……見せたんだよ」

無様な嫉妬《しっと》を口にしたのは、狭霧が眠っていると思い込んでいたからだ。

けれど、ピクリと瞼を震わせた狭霧が目を開き、「なに?」と消え入りそうな声で聞き返してきた。

睨みつけてくる瞳に、いつもの鋭さはない。でも、なんでもないと誤魔化すのは許さないと、無言のプレッシャーをかけてくる。

「デリヘルの人たち、毎日みたいにここに来てたんだろう?」

「……誰も、ベッドには入れていない。ソファで、仮眠する時に……枕になってもらっただけだ」

この状態で追及するのは如何《いかが》なものだろう。

躊躇ったけれど、狭霧の妙な言い回しを聞いてしまえば、疑念を晴らさずにはいられなくなった。

「枕? なんか、正しい意味で寝てただけ……みたいな言い方だな」

「正しいも間違っているもないだろう。僕は、ただ単に膝枕で眠らせてもらいたかっただけだ。なのに、なぜか脱がせようとしたり触れてきたり……どうしてみんな、あんなことをするんだろう」

途方に暮れたような言い方に、思わず眉間に皺を刻む。

「ぁあ? それは……それが、彼女や彼らの仕事だから、だろ?」

なんだろう。微妙に食い違っていないか?

今、自分たちは『デリヘル』やら『出張ホスト』やらの話をしていると思っていたのだが、狭霧の口ぶりからは淫靡《いんび》な空気を感じない。

「そういえば、ユーゴも……変な言い方をしていたな。僕は、デリヘルというシステムを正しく理解していないのだろうか」

ポツリと口にした狭霧は、思い悩んでいる顔で黙り込んでしまった。

困惑しているらしいが、それは隆世も同じだ。

なんだか、ものすごい誤解があるような気がしてきた。

「あのさ、一つ聞いていいか？」

「……うん」

「デリヘルというものは、一般的に性的なサービス業というのが前提のはずだが、それはわかってるんだよな？」

それだけではないかもしれない。中には、話し相手を……とか、変わったところでは自分とパートナーの情事を見ていてくれだとか、特殊な利用方法をとる人もいると聞いたことがある。

でも、一般的なイメージとしては間違っていないはずだ。

「なに？　でも、利用案内のステッカーには、あなたのお望みのまま……と。だから僕は、疲れて眠れない時に膝枕をしてくれるよう依頼して……。限界まで疲労したら、そうしないと眠ることができないんだ。子供みたいだと笑われるが」

「わかった。今、なにもかも理解した。……俺が悪かった」

戸惑いながら口にした狭霧を、腕の中に抱き締める。

頭を抱き込んだ胸元からは、「え？　えっ？」と戸惑いの声が聞こえてきていたが、宥《なだ》めるように背中を撫でているうちに静かになった。

つまり、こうか。

狭霧は、疲れ切ったら眠れない。その対策として、誰かに膝枕をしてもらう。その『誰か』を、知人のいない日本でデリヘルに求めた……と。

そして、本来の役目を果たそうとした彼女だか彼だかに『襲われる』と思い込み、隆世をムカッとさせたあのセリフ、『僕を襲わなければそれでいい』に至ったということか。

そういえば、狭霧が『デリヘル』云々を語った時に居合わせたユーゴも、意味深な笑みを浮かべて妙な言い方をしていた。

あれは、狭霧の誤解や諸々《もろもろ》すべてを察していながら、それを楽しんでいたのだろう。人が悪いにもほどがある。

知らないというのは、恐ろしい。

ある意味、無敵かもしれないが……。

「ユーゴも、その……眠るのに膝枕が必要だとかを、知っているんだよな？」

思い起こせば、すべて納得できる言動ばかりだった。

隆世が勝手に邪推して、今から思えば嫉妬していたのだと……情けない気分になる。

「うん。旧知の相手は、みんな知っている」

「……フランスにいた時はどうやってたんだ？」

これは、嫉妬ではなく純粋な疑問だ。

いつからそうなのかはわからないが、膝枕など誰にでも頼めるものではないだろう。

「幼馴染み《おさななじ》に頼んだり、家族や……友人に眠らせてもらっていた」

「よくわかった。あんたの周りにいるのは、基本的に善人ばかりだってことが」

「そう……か？」

この手のタイプは、放っておけない気分にさせられるに違いない。年下の隆世さえ、庇護欲をそそられるのだ。

そうか。これが、『魔性の人』かと、変なところで納得してしまった。マキシムはある意味正しい。嘘つき呼ばわりをして悪かった。謝らなければ。

しかし、想いが通じ、初めてベッドに入り……余韻に浸るはずの会話がコレかと、嘆息してしまう。

「もういい。とりあえず、少し休もう」

話を切り上げようとした隆世だが、一つだけ言い含めておかなければと、狭霧の背中を抱く手に力を込めた。

「あ、今度から膝枕が必要になったら、俺を呼ぶと約束してくれ」

不特定多数、特定複数であっても……他人を呼び、その人の膝で恋人を眠らせるなど許し難い。

隆世は当然の主張をしたつもりだが、狭霧は的外れな遠慮を口にする。

「うん……？　でも、三日連続とか、休日とかにも」

「いや、いつでもいい。らしくない遠慮なんかするな。俺の精神衛生のために、頼むから連絡してください」

「わかった」

本当に、わかってくれたのだろうか。

はー……と深く吐いた息が、狭霧の髪を揺らす。すると、隆世の腕の中で狭霧が小さく肩を震わせた。

なにかと思ったら、控えめに笑っているようだ。

「隆世が、あのカフェに入ってきた時」

「うん？」

ポツリと口にした狭霧に、短く相槌を打つ。

あのカフェ、か。苦い記憶がたっぷりと詰まっているので、しばらく足を踏み入れたくないところだ。

「風が……吹き込んできたのかと思った」

「風？　確かに、風が強い日だったと思うけど……俺が？」

「そう。店内の空気が、一瞬で変わったみたいだったんだ。清涼な新緑の匂いがする風が、吹き抜けて……明るくなった。みんな、不思議そうに隆世を見てた」

「よくわからないけど、褒められたと思っておく」

さすが、フランス文学に携わっている人だけあるというか……抽象的かつ詩的な言葉だ。

そういう繊細さを持ち合わせていない隆世には、いまいち理解できないけれど。

あんたは、俺にとって『嵐』だよ……という言葉は、きっと不要な波風を立たせてしまうと想像がつく。

思い浮かんだ『嵐』の一言は自分の内に仕舞っておくことにして、狭霧を抱く手に力を込めた。

疾風

――その瞬間、本物の風が吹き込んできたのかと思った。

大勢の人の中に身を置くのは、苦手だ。思い思いに交わされる会話は、雑音としか認識できない。

雑踏に酔った上に、乗り慣れない電車の揺れが気分の悪さを増幅して……視界が断続的に暗く陰る。かすかな耳鳴りまで感じ、限界が間近に迫っていることを悟った狭霧《さぎり》は、無様《ぶざま》に意識を失う前に電車を降りた。

ぼんやりとホームに立っている狭霧を、閉じかける乗車ドアに向かって駆け込もうとした制服姿の少年が「邪魔なんだよ」と睨《にら》みつけてくる。

別の誰かには無言で背中を押され、ここにいてはダメだと重い足を踏み出した。

他人の邪魔にならずに落ち着くことのできる、少しでも静かな場所を探して視線をさ迷わせる。

「……あ」

目に入ったカフェは改札の外だったけれど、そこで具合がいくらかマシになるまで休もうと見知らぬ駅の外に出た。

レジでオーダーして代金を払いカウンターで商品を受け取るというシステムは、幸いフランスでも馴染《なじ》みがある。

前に並んでいる人を観察してそのことを確認すると、ホッとしてアイスティーをオーダーした。

日本に来て、一週間余り。

父親の母国であるし、祖父母に逢《あ》うため何度も遊びに来たことはあるけれど、住むとなればまったくの別物らしい。

物心ついた頃から生活していたフランスとは、様々なことで勝手が違っていて戸惑うばかりだ。

ただ、今の自分は、純粋な日本人とは異なる外見に擬態している。おかげで、少しばかり頓珍漢《とんちんかん》なことをしても、「外国人なら仕方ない」と目溢《めこぼ》ししてもらえる。

ストローに口をつけて冷たいアイスティーを含み、ふっと息をついた。

自家焙煎のコーヒーを売りにしているカフェで飲むアイスティーは、お世辞にも美味《おい》しいとは言えない。でも、清涼感のあるレモンの輪切りを目にするだけで、ムカムカしていた胸がほんの少し鎮《しず》まる。

「……っ？」

クラッシュアイスに埋もれたレモンをぼんやりと目にしていた狭霧は、ふと髪を揺らした空気の動きに誘われて顔を上げた。

風が強いせいか、カフェのドアは開け放たれた状態で固定されている。外からの風が店内にまで吹き込んできたのかと思ったけれど、……違う。

狭霧だけでなく、居合わせた他の客も空気の変化を感じたらしく、不思議そうにドアあたりを見ている。

そこには、長身の青年の姿があった。

日本人には珍しいくらいの背丈で、手足の長い抜群のスタイルを有している。背筋をまっすぐに伸ばして立つ姿には、否応なく目を惹《ひ》かれる。

端整なのは姿態だけなく、容貌も際立っていることが少し距離を置いている狭霧にも見て取れた。

手を加えることのない、真っ黒な髪。風に乱されたらしい前髪を、鬱陶《うっとう》しそうに掻《か》き上げる仕草さえ、計算され尽くした艶姿《あですがた》のようで……なんの変哲もない白いシャツに黒いジャケット、ジーンズというラフな服装が、飾り立てるよりかえって彼のノーブルな雰囲気を引き立てているようだ。

注視されることに慣れているのか、あちこちから投げられる視線をまったく気にする様子もなくカウンターに立つ彼は、独特の空気を纏《まと》っていた。

オーラに華がある、とでもいうのだろうか。

特になにをするでもなく、ただそこに居るだけで場を支配することのできる、王のような人間もいるのだな……と感嘆の息を吐く。

友人たちには、『究極のマイペース』だとか、『目の前で人が転んでも気づくことなく踏むだろう』とか、散々な言われようをしている自分がこうして気に留めるのだから、極立っていると思う。

誰かを待っているらしく、ウインドウに向かって設《しつら》えられたカウンターに腰を下ろした彼は、背中に注がれる視線など気にもかけず外を眺めていた。

この、アイスティーがなくなるまで。狭霧は自分自身への言い訳じみたことを考えながら、幾度となく彼の横顔に目を向ける。

年齢は、二十……二か三というあたりか。凛《り》々《り》しい容姿は、自分とは正反対だ。だから、これは……同性として、羨んでいるだけに違いない。

その彼が、後からやって来た青年に「好きだ」と告げるのが漏《も》れ聞こえて来た時……狭霧は気分が悪かったことも忘れて、唖然《あぜん》と目を見開いた。

盗み聞きしたわけではない。彼が、まったくコソコソすることなく声を潜《ひそ》めるでもなく、堂々としていたせいだ。

他人など、どうでもいい。ただ、すぐ傍《そば》にいる青年が大事なのだと……全身から滲《にじ》み出ているようだった。

そんな彼の告白を撥《は》ねつけた青年に驚いたし、自然と「自分があんなふうに想われたら、どんな心地になるだろう」などと、想いを寄せられる青年を羨むような思考が浮かんだことには、言葉にできないほどの衝撃を受けた。

周囲には恋愛に性別は不問と公言する友人が少なくなかったし、自身もそのあたりはリベラルと言ってもいい。

ただ、それは相手の人となりを知った上での話だ。

言葉を交わすどころか、視線を合わせてもいない。一方的に、姿を目にしただけで湧く感情ではないはずだ。

これまでと違う。

誰にも立ち入られないよう微細に組み立ててきた、独りきりの心地いい世界を、一陣の風で掻き乱されてしまう。

彼と同じ空間にいることが怖くなった狭霧は、水っぽくなったアイスティーを一気に喉《のど》へ流してカフェを出ると、逃げるように帰宅した。

強烈なインパクトを狭霧に与えた青年には、二度と逢うことがない……逢えない、はずだった。

開いた扉の向こうに立ち、自分と目を合わせて「加賀隆世《かがりゅうせい》です」と名乗った、白昼夢のような姿を目にするまでは……。

□
□
□

「なぁ、これで最後？」

「……うん。たぶん。たぶん」

「たぶんって、自分の持ち物くらい把握してろよ」

最後の一言をポツリとつけ加えた狭霧に、隆世はぶつぶつと文句を零しながら抱えていた白い箱を玄関先に置く。

屈《かが》んで靴を脱ぐと、廊下の隅に置いてあった箱を二つ重ねて持ち上げて、

「どの部屋に運べばいい？」

と尋ねてきた。狭霧では、無謀だとわかりきっているので最初から試みようとも思えない行動だ。

「中身は、なんだったかな。……とりあえずその部屋に、適当に置いたらいい」

「なにかわからない？　だから、箱に詰める時に中身をメモして貼るか、面倒なら箱に直書きしろって言ったのに」

「ちょっとしかないから、そんなことしなくていいと思ったんだ」

「で、結局ワケがわかんなくなってたら世話ねーな」

手厳しい言葉だが、正論であるが故に言い返すことができない。ムッと目の前の長身を睨み、唇を引き結んだ。

そんな狭霧を、荷物を抱えたままの隆世は少し呆れを滲ませた表情で見下ろしてくる。

「いい歳《とし》して……言い返せないからって拗《す》ねるなよ」

「うるさい」

狭霧はふいっと顔を背けると、隆世をその場に残して廊下の奥へと歩を進めた。言われるまでもなく、年甲斐のない子供じみた言動だとは自分でもわかっている。他の誰かなら無視できても、彼の言葉だけは何故か無視できないのだ。

踏み締めた廊下は、所々ギッと軋《きし》んだ音を立てている。床板を新しいものに張り替えるのではなく、できる限り現状を維持した修繕を……という依頼が忠実に叶えられた結果だ。

水回りを中心とした最低限のリフォームを施しただけの純日本家屋は、土壁や瓦屋根に建築当初の空気を色濃く残していた。

古いと言えばそれまでだが、隆世曰《いわ》く……。

「やっぱり、レトロで風情があるなぁ」

口には出していなかったはずなのに、狭霧の思考を読んだようなタイミングで、背後から低い声が聞こえて来た。

「築、何年だっけ？」

続けられた言葉にゆっくり振り返ると、抱えていた箱を狭霧の言葉どおりにどこかへ置いてきたらしく、両手をジーンズのポケットに引っかけて天井を仰《あお》いでいた。

先ほどの狭霧の態度に、機嫌を損ねてはいないらしい。ほんの少し肩の力を抜いた狭霧は、意図して淡々とした声で返す。

「百年くらい……もっと前かも。祖父の、更にその祖父が建てたものらしいから。幸い、戦火を逃れた」

「文化財クラスだな。最近、土壁の家ってあまりないだろ」

「……修繕できる職人を探すのに、時間がかかった」

「ああ、それで……か」

あの日、本来移り住む予定だったところに近々引っ越すと話した狭霧に、隆世は「へぇ？」と不思議そうに首を傾げた。

もともと、ここに居住することがフランスを出て日本へ来ることの目的だったのだ。ただ、当初の予定より工期が長くなってしまったことで入居日がずれ込んでしまい、仕方なくマンションを仮の住まいとした。

「家は、人の手が入らないと傷《いた》むというからな。この家を朽ちさせるのはもったいないし、人手に渡すのにも躊躇《ためら》いがあった」

昨年、祖母亡き後に一人でこの家で生活していた祖父が他界したことで、住む人間がいなくなってしまった。放置して廃屋にしてしまうのも、他人に好き勝手なリフォームをされるのも嫌で、自分が譲り受けて住むと父親に申し出たのだ。

子供の頃から、父親の母国である日本には親しみがあった。気候も文化も、神秘的で好ましい。翻訳の仕事はどこにいてもできるし、日本にしかない本を探すのも国外にいては限界がある。

フランスに固執する理由もないとは、淋《さび》しがる友人たちには言えなかったが……。

「一軒家に一人……か。二十歳《はたち》になったら、ここに越してこようかな」

キッチンを覗《のぞ》き、ボソッとつぶやいた隆世の言葉に、狭霧はふと違和感を覚えた。頭の中で復唱して、「ん？」と違和感の正体に気がつく。

「二十歳になったら？　隆世、今いくつ……だ？」

二十二、三歳だと信じ込んでいた恋人の年齢が、実際は違う……思い違いをしていたのではないかと、初めて疑いが湧く。

「あぁ？　なんだよ、今更。十八……って、言ってなかったか？」

呆れたような顔で答えた隆世に、狭霧は言葉を失った。唖然とした顔になっているかもしれない。

十八歳？　学生だとはわかっていたけれど、まさか、この外見と落ち着きで未成年だなんて……。

「知らなかった」

ぽつんと零す。

狭霧を見下ろした隆世は、なんでもないことのように目をしばたたかせた。きっと、狭霧がどれほど衝撃を受けたのか気づいていないのだ。

「言ってなかったっけ。あー……？　あ、そうか。歳の話をしたのは、ユーゴか」

「……ユーゴは知っていたのか」

恋人のことを、自分よりも深く知っている人間がいるということは面白くない。しかも、それが『ユーゴ』であるなら、尚更だ。

アイツは、やけに隆世を気に入っていた。隆世も、言葉ほど疎《うと》ましく思っていなかったらしく、気の合う様子で会話を交わしていた。さすがに、自分が『恋愛対象となっていた』とは疑ってもいなかったようだが……。

ユーゴの名前を隆世の口から聞かされたことで、狭霧はあからさまに不機嫌な顔になったはずだ。

それなのに、ちらりとこちらに目を向けた隆世は唇に微笑を浮かべた。

「なんで嬉しそうなんだ」

「いや、あんたにも普通の人みたいに真っ当な感覚があったんだなー……と」

「普通じゃないみたいに言うな」

自分では、一般的な人間だと思っている。

ハーフであることはさほど珍しくないし、普通ではない要素など皆無なはずだ。

眉《まゆ》を顰《ひそ》めた狭霧に、隆世は肩口まで両手を挙げて『降参』のポーズをとる。

「言い方は悪かった。でも、普通……の定義からは微妙に外れていると、自覚したほうがいいと思うけどなぁ。色んな意味で」

「……隆世の言うことは、時々わからない、日本人は、皆そうなのか？　僕の知っている日本人と、隆世と……どちらがより日本人らしい？」

これまで狭霧が接したことのある日本人は、父親とその仕事関係者、仕事でやり取りのある数人のみだ。

海外在住が長いせいでもともと希薄なつき合いだった親戚とは、祖父母亡き今となっては断絶状態だし、図書館の司書やらコンビニエンスストアの店員は接した数にカウントできないだろう。

比較対象が多くないので、よくわからない。

狭霧の純粋な質問に、隆世は首を捻《ひね》った。

「いや、それも……ちょっと違うかも。俺の場合は、生まれも育ちも少しばかり特殊だし、普通の日本人とは……うん、言えないかもな」

「そう……なのか？」

生まれも育ちも、少し特殊？

隆世が自身のことについて語った事柄は、多くない。狭霧が知っているのは、母親がいないということと、彼の父親が随分とユニークな人物らしいということくらいだ。

「俺のことに、ようやく興味を持った？　バックボーンなんかどうでもいいのかと、ちょっと疑ってたけど」

苦笑した隆世は、そう言って狭霧の顔を覗き込んでくる。

確かに、狭霧は基本的に他人などどうでもいい。ゴシップ好きでもないし、詮索するのも好きではない。

他人なら、であって……恋人となれば、その限りではない。

「……興味がなかったわけではない。ただ、聞き出そうという気がなかっただけだ」

「あー……なるほどね。確かに、聞くのと聞き出すのは別物だ。じゃあ、引っ越しの片づけを手伝うという名目で、今夜はここに泊まり込む。で、飯を食って……親交を深める、ってことでいい？」

いたずらっぽく笑った顔は、実年齢を知ったからというわけではないと思うけれど、無邪気と表現しても差し支えのない雰囲気だった。

意味深な響きで親交を深めると語ったあたりは、子供とは言えないが。

「夕食はおでんだ」

「……六月におでんかよ。ま、いいけど。リクエスト、承りました」

冗談っぽくそう口にして笑った隆世は、背中を屈めて軽く唇を触れ合わせてくる。

……照れを感じさせることのないこういう行動も、狭霧の知っている日本人には珍しいかもしれない。


「レイ、ストレートのダージリンでいいんだよな？」

「ああ。……これは？」

「那智《なち》特製、いちじくのタルト。季節限定品です」

磨かれて艶々と光を照り返す、木目が美しいテーブルに、ティーセットとフォークを添えられた小さなプレートが置かれる。

ガラスのティーポットには、綺麗な色の紅茶。白いプレートには、瑞々《みずみず》しい果実が飾られたタルト。

夕食後のデザートとしては少々重いけれど、『那智』のタルトは半分を明日に……と残すことができないのだ。鮮度が落ちるからという問題ではなく、一口食べると美味しすぎて途中で止められなくなる。

「家具も、お祖父さんたちが使っていたものがそのまま？」

「……そうだ。入れ替えたものは、テレビと冷蔵庫と……洗濯機。オーブンレンジもマンションから持ってきたか」

大型の家具類は、この家にあったものをそのまま使わせてもらうことにした。マンションで使っていたソファセットは……畳敷きの部屋には似合わないかと思い、納戸に仕舞い込んでいる。

「俺が勝手に弄《いじ》っていいなら、和洋折衷《せっちゅう》の応接室を整えるけど。あとは……ここのエアコン、年代物だな。性能的にも電気代を考えても、買い替えたほうがいい」

「そうか。隆世に任せる。僕はよくわからない。エアコン……は、インターネットでも購入できるか」

「よければ、それも俺が手配するけど。……安くなる」

「なにか、裏技があるのか？」

「まぁ……裏技と言えば、そうかな。ウチ、電器屋。個人向けの家電は取り扱ってないけど、業者にツテはあるから」

「……そうなのか」

電器屋。これも初耳だ。

狭霧は、隣に腰を下ろした隆世をジッと見上げて続きを待つ。

「あー……とりあえず、デザートを食っちまおう。詳しいことは、それからだ」

「わかった」

狭霧はうなずいて、フォークを手に持つ。

一口含んだ途端、自然と頰《ほお》が緩んだ。いちじくの甘みを生かしたタルトは、すごく美味しい。

これまで色々と食べさせてもらったが、『那智』のお菓子はどれも絶品だ。一流のパティシエが最高の材料を使用して作った高級品というより、母親が愛情をたっぷりと注いでハンドメイドしたような優しい味がする。

そのことを隆世に告げると、心底嬉しそうに笑った。

「那智は……母親じゃないって言ったよな？　でも、俺にとっては似たようなものだ。女性じゃないけど、親父のパートナーだから。十年以上、一緒に住んでいる家族なんだ」

「ああ……なるほど」

なかなか複雑な関係らしい。でも、その『那智』について語る隆世は、一欠片《ひとかけら》たりとも嫌悪や抵抗を覗かせない。

変則的な家族であっても、良好な関係のようだ。

「で、親父は遺伝子上の繋《つな》がりはあるけど親子じゃない。母親が違う、兄貴だ。戸籍上では父親だけど」

「………………」

今度は、即座にうなずくことができなかった。なんだか、難解な言葉を聞いたような気がする。

父親の違う兄で、父で……と、隆世の言葉を復唱しながら頭の中に家系図を描いた。

「それは、なんというか……複雑だな」

「そのあたりを知ったのは、中学生の頃だった。グレてもおかしくない家庭環境だろ」

「グレる……？」

目の前にいる青年にそぐわない言葉だと、首を傾げた。

単語の意味を図りかねての仕草だと受け取ったのか、隆世は「どう言えばわかりやすいかなぁ」と思案の表情になる。

「反発して、絶縁を言い渡しても……ってところかな。できなかったんだけどな」

「……隆世を見ていたら、愛情を注がれて育てられたのだと想像がつく。いい家庭なんだろう？」

「うん。一般的ではないけど、まぁ……いい家族だ。無理に家業を継げとも言われないし。つーか、むしろ逆だな。あの親父、『世襲制なんてものは時代に合わないだろ。跡取り扱いする気はねぇから。黙ってても当然のように会社が自分のものになる……楽して職にありつこうなんて、甘いことを考えるなよ』とか、言いやがった」

父親の口真似をする隆世の顔は、確かに十代の少年のそれだった。

普段は泰然としているのに、父親への反抗心を隠しきれていない隆世はなんとなく可愛くて、狭霧は自然と唇に微笑を滲ませる。

「家業……電器屋か？　だから、隆世は大学に進学してフランス語を習ったりしているのか。職人より、勉強のほうが好きなんだな」

「……あんたが、どんな『電器屋』を想像しているか、だいたいわかったぞ。けど、まぁ……とりあえずそのあたりは、今はいいか。勉強は嫌いじゃないよ。……おかげで、レイとも逢うことができたし」

クスリと笑った隆世に、肩を引き寄せられる。

密着した身体《からだ》からぬくもりが伝わり、なんとも形容し難いくすぐったさが胸の内側に渦巻いた。

こうして寄り添っていても、彼が七つも年下だとは……やはり信じ難い。

「二十歳になったら、本当に引っ越して来る気か？」

淡々と尋ねながら、室内に視線を泳がせた。

古い平屋建てだが、独りで住むには持て余すほど広い。物理的には何の問題もないし、狭霧にとっては色々と好都合なのだが。

「あんたがいいのなら。きちんと食ってるのかとか気になるし、同じ家にいるほうが『枕』の役目をするにしても手っ取り早い」

なんとなく引っかかる言い方をされてしまった。

厳禁だと言い渡されているので、あれ以降は隆世以外の人間に『枕』を依頼したことはないけれど、デリヘルに『枕』を頼んだのは、それほどいけないことだったのだろうか。

「……僕が反対する理由はない。隆世の家族が許すなら、というのが前提だけど」

「ああ、そのあたりは大丈夫だと思うけど。未成年のあいだは自由にできないだけで、成人したら放流される」

「うん？」

放流とは、面白い言い回しだ。

隆世が口にする比喩表現はたまに独特だ。次の仕事が独特のレトリックが魅力のフランス人作家の長編小説だったはず。それにこのニュアンスが活かせるかもしれない。

無言で考え込んでいると、苦笑を含んだ声で解説を重ねてくれた。

「親父曰く、『未成年のあいだは、親権者の保護下にある。よって、俺様に従え。自由がないとか不満を言うなよ。扶養義務に加えて、監督責任も俺にあるんだから。ただし、庇護されているということも忘れるな。おまえになにかあれば、全力で守ってやる』だと。そんなふうに言われたら、反発できねーだろ。ズルいよなぁ」

「なるほど。やはり隆世の父上は、興味深い人物だ」

こうして話を聞くだけで、懐が深いというか……狭霧の父親とは正反対な人らしい。そんなふうに思ったところで、隆世が尋ねてきた。

「レイは？　自分のことも家族のことも、全然話さないな。父親が日本人で、母親がフランス人だろ？　兄弟は？」

「……妹が一人。父親は貿易関係の仕事をしている。母親は現役のファッションデザイナー。父親は厳格な人で、僕が自分の望む進路から外れた時点で切り捨てることを決めたようだ。快活な妹のほうが後継にふさわしいと察して、早々におまえには期待しないから自分の好きに生きろと背中を向けた」

十代の狭霧には、素っ気なく言い捨てて踵《きびす》を返した父親の背中に大きく『おまえは不要だ』と書かれているように見えて、その場に立ち尽くすしかなかった。

周囲より駆け足で大学の課程を終えたことについて、手放しの称賛を求めたつもりはなかったが、苦い顔をされるなど予想していたはずもない。

自宅を出て大学近くに移り住み、以来ほとんど顔を合わせることもなく……今もよそよそしい関係が続いている。

もともと父親は口数が少なく、仕事人間で自宅にいる時間がほとんどなかったので関係は希薄だったが、溝がますます深くなった状態だ。

うつむいて途切れ途切れに口にすると、肩を抱く隆世の手にグッと力が込められた。

「それは……切り捨てたんじゃなくて、あんたを縛りつけない……希望する道に進めと、背中を押してくれたんじゃないか？」

「…………」

狭霧は、目をしばたたかせて顔を上げた。そろりと隆世の顔を仰ぎ見れば、「なんだよ、その顔」と苦笑されてしまった。

その顔、と言われた自分は……どんな顔をしているのだろう。

「切り捨てられた、としか受け取れなかったが」

「本人に確かめたのか？」

「……発言の真意を改めて尋ねるような二度手間は、しない」

というのは、言い訳だ。本当は、決定的な言葉を聞くのが怖くて逃げているのだと、自分でもわかっていないわけではない。

そんな狭霧の弱さを、隆世は見抜いているのだろうか。

「想像でイジけるのって、バカみたいだと思わないか？」

眉を顰めて、容赦なくそんな言葉を口にする。

十代の……子供だから。世間知らずで怖いもの知らずだから、そんなふうに言えるのだと顔を背《そむ》けるのは簡単だった。

なにより、狭霧の父親のことなどなにも知らないはずで、綺麗ごとだと笑えばそれまでだ。でも、隆世の言葉が、何年も胸の奥で澱《よど》んでいたわだかまりを一掃してくれたのは確かだった。

「可能性は、ゼロでは……ない」

「じゃあ、そういうことにしておけばいいんじゃねーの？　親なら、適性があるかどうかわかるだろうし。あんたには、引き籠《こも》りの研究職やら今みたいな生活が合ってるよ。どうやら俺は、面倒な人の世話を焼くのがさほど苦痛じゃないみたいだし存分に世話をしてやる。新たな一面に気づかせてくれて、ありがとうと言っておこう」

なんとなく皮肉を言われたような気もするけれど、こちらを見る隆世の目は優しい色を浮かべているので、まぁ……いいか。

無言で小さくうなずいた狭霧の前髪に、そっと指先で触れてくる。

隆世が似合うと言ってくれたので、あの日から素のままを晒《さら》している。それを確かめるように指に絡ませて、静かに口を開いた。

「近いうちに、店に連れて行ってやるよ。那智に紹介する。オリジナルのフレンチトーストやパンケーキ、食ってみたいだろ？」

「隆世の作るものに不満はない、けど……那智の店には行ってみたい」

思うままの本音で答えると、隆世は嬉しそうに笑った。

やはり彼は、風みたいだ。

立ち止まっている狭霧に、季節の香りを乗せた風で移ろいを知らせる。思いもよらない方向から吹きつけて、掻き乱して……新しい空気に入れ換える。

ふっと息をついた狭霧は、隆世の肩にもたれかかる。

「やっぱり、風みたいだ」

「風？　……ああ、そういえばそんなことも言ってたなぁ」

あのカフェに隆世が入ってきた時、風が吹き込んできたのかと思った……と。ベッドの中で告げたことを思い出したようだ。

「って、嵐に言われてもなぁ」

一拍置いて、何故か苦いものを含んだ声で言い返してきた『嵐』の意味はわからなかったけれど、問いを重ねることは叶わなかった。

もう言葉は不要とばかりに、口づけで唇を封じられたせいで。

あとがき

こんにちは、または初めまして。真崎ひかると申します。このたびは、『薫風』をお手に取ってくださり、ありがとうございました。

シリーズのスピンオフとなっておりますが、完全に独立していますのでこちらだけ読んでくださっても大丈夫！　なはずです。便乗CMとなりますが、隆世父と那智のお話である『白雨』『慈雨』の雨がつく二冊と、佑真と武川のお話である『淡雪』『夏雪』『花雪』と雪のつく三冊も、ついでにお目を通していただけると嬉しいです。

初登場の場である『白雨』での隆世は、なんと幼稚園児でした（笑）。以前からおつき合いくださっている方には、「あのちびっこだった隆世が、なんて偉そうに」と笑っていただけるでしょうか。本人の自覚はなさそうですが、きっと隆世は苦労性……では、と思いますので、きっとこの先も狭霧に振り回されてぶつぶつ文句を言いつつ放っておけず、かいがいしく面倒を見るのではないかと……。

すごく男前に成長した隆世と、美人な狭霧を描いてくださった陵クミコ先生、今回もありがとうございました！　『雪』や『雨』のつくシリーズから、数年に亘って長らく彩りを添えてくださり、本当に感謝感激です。一作目からの経過年数を指折り数えると、月日の経つスピードに遠い目をしてしまいます……ね。

そして、今回もとってもお世話になりました担当H様。隆世は微妙に貧乏くじを引くタイプ……と共に笑んでくださり、ありがとうございます。色々とお手数をおかけしました。

シリーズだと知らずに今回初めてお手に取ってくださったという方、シリーズを通して読んでくださっている方、どちらの方にも少しでも楽しんでいただけましたら幸いです。

私自身、これほど長くつき合ったシリーズは初めてですので、親戚の子供の成長を書いたような奇妙なくすぐったさを感じています。シリーズを通して色々とお言葉をいただけることもあり、愛でていただけるのは幸せだなぁと思います。読んでくださった方がどのように感じられたのか、すごく気になりますので、図々しいお願いですが一言でも感想をいただけると嬉しいです。

それでは、駆け足ですが失礼します。あとがきまで読んでくださり、ありがとうございました! またどこかでお逢いできますように。

二〇一二年　金木犀があちこちから香ってきます　真崎ひかる

✦初出　薫風……………書き下ろし
疾風……………書き下ろし

真崎ひかる先生、陵クミコ先生へのお便り、本作品に関するご意見、ご感想などは
〒151-0051 東京都渋谷区千駄ヶ谷 4-9-7
幻冬舎コミックス　ルチル文庫「薫風」係まで。

幻冬舎ルチル文庫

薫風

2012年11月20日　第1刷発行

✦著者　真崎ひかる　まさき ひかる
✦発行人　伊藤嘉彦
✦発行元　株式会社 幻冬舎コミックス
〒151-0051 東京都渋谷区千駄ヶ谷 4-9-7
電話 03(5411)6432［編集］
✦発売元　株式会社 幻冬舎
〒151-0051 東京都渋谷区千駄ヶ谷 4-9-7
電話 03(5411)6222［営業］
振替 00120-8-767643
✦印刷・製本所　中央精版印刷株式会社
✦検印廃止

ISBN978-4-344-82672-4　C0193　Printed in Japan